光文社文庫

文庫書下ろし&オリジナル／連作ファンタジー

ぶたぶたのいる場所

矢崎存美《ありみ》

KOBUNSHA

光　文　社

目次

人形の夜〜春の物語

近くに実家があるにもかかわらず、杉山織《すぎやまおり》がこのグランドホテルに訪れたのは初めてだった。簡単なことだ。敷居が高かったから。庶民の近寄る場所ではない、と小さい頃から何となく思っていたところだった。

でも、関わりがまったくなかったとは言えない。高校生の頃、芝居好きの友だちと女の子だけの劇団を組んでいて、自分の脚本で上演活動をしていたのだが、その最初の劇場探しの時の候補に、このホテルが入っていたのだ。劇場という改まったものはないが、バンケットホールの一角が小さな舞台を設置できるようになっており、室内楽などのコンサートに使われたり、ちょっとしたお芝居なら上演できるというのは知っていたから。春になると、地域の桜祭りに協力をして、様々なイベントを企画しているのだが、その中に芝居がたいてい入っていたのも憶《おぼ》えている。

けれどその時は、借りる金額を訊《き》く勇気もなく、街なかの公民館の小ホールに決めてしまった。劇団の舞台公演は二回だけ。お金も時間もかかることだったので、貧乏な高校生にはそれが精一杯だったが、あの頃は充実していた。演技も脚本も演出も、すべて未熟で、今考えると恥ずかしいけれども、夢中だった。見に来てくれた人も楽しんでくれた……はず。観客の反応をほとんど憶えていないのは、申し訳ないが。

高校を卒業して、東京の大学へ行って、そのまま就職して——勤めながら脚本家を夢見て、いつの間にか十年以上たっていた。テレビやラジオでいくつか仕事はしたが、脚本だけで食べていくことは難しい。独身であることも最近淋《さび》しいと思うようになってきた。この先どうしよう——と思っていたところに、「母が倒れた」という知らせが来た。

織の実家は、花屋だ。店自体は弟の義成《よしなり》が継いでいるが、一人でも働き手が欠けるとかなりつらい。最近まで義成の妻——義理の妹の利香《りか》が手伝っていたが、彼女は初めての子供を産んだばかり。その上、母が入院では、弟と父の二人だけだ。

義成から相談を受けた織は、思い切りよく仕事を辞めた。義成夫婦は近くのアパートに住んでいるので、父の世話と母のいる病院へ行くためにも、とりあえず実家へ住むことにした。

織は、生活を変えたかったのだ。実家に戻ることが変えることになるのか、という疑問もあったが、昔とは違うし、環境自体は激変する。母が元気になるまででもいいから、それまでにゆっくり考えよう、と思ったのだ。

会社での引き継ぎ、引っ越し、母への見舞い、店の仕事、家での雑事、母の退院とリハビリ――めまぐるしい勢いで用事が押し寄せてくるのを、片っ端《かたぱし》から片づけ、働いて――あっという間に三ヶ月ほどたってしまった。母のリハビリは順調で、家事はほとんどできるようになったが、まだ店に立てる状態ではなく、義妹も赤ちゃんから目を離せない。父と弟と三人で店を切り盛りするのは思ったよりも大変だったが、幸い商売は順調だった。お得意さんの一つに例のグランドホテルがあったのだ。普段でも部屋に飾る花などを納めているが、結婚式の時にはブーケを作ったり、チャペルの飾りつけを行ったりもする。仕事しながら一応フラワーアレンジメントの資格をとっておいて、本当によかった。

大変とは言いつつ、仕事にも慣れ、少しだが時間に余裕を持てるようにもなってきた。

そんな時だ。昔の友だちから電話がかかってきたのは。

「この間、フラワーすぎやまの車に乗ってなかった?」

彼は高校の時の同級生で、飯塚《いいづか》という。

「この間がいつだかわかんないけど……こっちに帰ってきて家の仕事手伝ってるから、

配達の時は車に乗るよ」

「あっ、そうなんだ！　全然知らなかったよ」

「店に来てくれた子なんかは知ってるけど、忙しくってなかなか連絡とれなくて」

とはいえ、実家に電話をかけて織が出た時点で、「帰っている」ということは何となくわかってたんだろうけど。

「あのさあ、俺、今グランドホテルに勤めてるんだよ」

「へー！　あんたが!?」

野球に夢中だったくりくり坊主頭の童顔と、あの重厚なホテルがまったく重ならない。

織はまだホテルへ配達に行ったことがなかった。その役目は、父か義成だ。

「で、ちょっと相談があって電話したんだ」

「え？　花のこと？」

「いや、違う。杉山、昔芝居してたことあったよな？」

「うん……あるけど」

「見に行ったよ、『人形の夜』」

なつかしいタイトルに、思わずのけぞる。それは二回目に公演した芝居。

「えっ、見に来てたの⁉」

「行ったよ。面白かったよ。みんなそう言ってた」

「みんなって誰？」

飯塚があげた名前は、体育系の男子ばかりで、普段芝居になんか興味なしという顔の子たちだった。

「けっこう来てくれてたんだ……。終わってから声かけてくれたらよかったのに」

全然憶えていない。

「えー、あとで言おうかなあ、と思ってそのまま帰ったんだよ。言うの、ずっと忘れてたけどな」

あの年頃の男子では、恥ずかしさの方が先に立つだろう。何だか微笑《ほほえ》ましいなあ、と織は思う。

「で、相談なんだけど……来年、四月の頭にホテルで芝居をするんだ」

「あー、昔もなんかやってたね」

終わったばかりなのに、もう次の桜祭りの準備とは。こんな時期から始めてるのか。早いなあ。

「いつもは劇団を呼んだりして、プロにやってもらうんだけど、来年は桜祭りが二十周年の記念てことで、市民から役を募《つの》って、シェイクスピア劇を演《や》ることになったんだよ」

「えっ、記念——」

「——なのに、素人《しろうと》がやるの⁉」というのはかろうじてのみ込んだ。

「普通は逆さだと思うだろ？」

飯塚は、織の気持ちをちゃんと読んでいた。

「まあ、いつも上演している東京の劇団の演出家の先生がワークショップとかしてたからね。せっかくだからやってみようってことになったんだよ。それに協力してもらいたいんだ」

「協力って……何上演するの？」

「『オセロー』」

「ええっ、悲劇じゃん……」

シェイクスピアの四大悲劇の中に入れられているが、実はとってもドメスティックな物語である。オセローはムーア人の優秀な軍人。妻のデズデモーナは美しいイタリア人で、二人は幸福に暮らしていたが、オセローの部下のイアーゴーがデズデモーナに横恋慕し、オセローをおとしめようと策略を巡らす。——という感じのストーリーだったように思うが、ちょっと自信がない。何しろ読んだのは高校生の時だ。

「劇団の先生が選んだんだけどね」

割と主要人物が少ないので、小さな舞台には向いているかもしれないが。

「で、その人——朱雀《すざく》先生は東京の人だから、いつもこっちにいるわけにはいかないだろ? でも稽古はしないといけないから、その人の代わりに稽古をつけられる人を探してるんだよ」

「もしかして、朱雀雅《みやび》!?」

「そうだよ」

芝居好きなら、一度は耳にする名前だ。派手さはないが、いわゆる「玄人《くろうと》好み」との評価が高い演出家である。

「えーっ、それをあたしが!?」

「そう」

「そんなの無理だよ。あたしが芝居やってたのは、高校時代なんだよ」

演出もやっていたが、素人の域は出ていない。

「でも、脚本は書いてただろ？　たまにテレビで見たよ」

「それはそうだけど……テレビの脚本と舞台は違うし……」

「朱雀先生は、地元の人に頼みたいらしいんだよ。せっかくだからって」

「今まではどうしてたの？」

「それは東京で稽古して、こっちでゲネプロと本番をやるってスケジュールだよ。舞台のセットはこっちで作るけどね」

そうか、いつもは丸ごと移動してくるわけだ。

「他にいないの？　地方劇団の人とか」

「うーん、当たってみたんだけど、舞台セットの協力だけで精一杯だって」

「でも、だからってあたしじゃ無謀だよー、素人同然なんだよ！」

「まあ、その判断は朱雀先生にまかせればいいんじゃない？　望んでいるのは、彼の演出を理解して、それを忠実に伝えられる人ってことらしいから、演出自体をつけるんじゃないみたいだよ。とりあえず、週末に初めての打ち合わせをうちのホテルでやるから、来るだけ来てみてよ」

「……一応、行くだけね」

「うん、気楽に来てみてよ」

飯塚には渋々承知をしたようだったが、実際はホテルに行けることをちょっと喜んでいた。何しろ憧れのホテルだ。まあ、行こうと思えば父か義成にくっついていけばいつでも入れるのだが、せっかくならお客さんとして利用したい。朱雀雅も見てみたい。どうせ先生のお眼鏡にはかなわないだろうから、言われたとおりに気楽に行けばいい。


ということで、織はグランドホテルにやってきた。真赤な夕焼けに、白亜の西洋館が浮かび上がって見える。思わずたじろぐほど美しい。

このホテルの周辺だけは、まるで外国のようだった。独特の雰囲気をたたえている。昔のままだ。古いまま——という言い方も変だが、古さの印象も変わらない気がする。時が止まっているようだった。

高校生の時、ここで芝居をしていたら、何か人生変わっただろうか——できなかっただろうけど、そんなことをつい思ってしまうようなたたずまいだ。

プライベートビーチを持っているので、夏は海水浴やクルージング、冬は避寒、春は桜に代表される花々、秋は紅葉——と一年中観光の種の尽きないホテルなので、ロビーはひっきりなしに人が行き交っていたが、静かだった。大声で話したり、わいわい集まっている団体客もいない。外国人の客も多かった。

あー、やっぱり雰囲気が全然違う……。東京の高級ホテルとも、格式の差があるように思う。別世界、という言葉がこれほど似合う空間が、こんな近くにあるとは思ってもみなかった。

とりあえず、この雰囲気に飲まれないようにして——一つため息をつくと、フロントへ向かう。

「あの、杉山と申しますが、六時に——」

「あ、飯塚から申しつかっております」

名乗っただけで返されて、ちょっとひるんでしまった。一階奥の会議室に飯塚を含む関係者が集まっているという。

一階にはチャペルやバンケットホール、結婚式などの時の控え室になる小さめな会議室があることは聞いていたが、想像よりも広くて迷いそうになる。三階建てでこぢんまりしていると思っていたが、中の構造はけっこう複雑なようだ。

うろうろと半分見物をしながら、ようやく会議室にたどりつく。ドアが開いているのでそっとのぞきこむと、部屋には四人の男性が談笑していた。一人は飯塚だとすぐにわかった。坊主頭でもなく私服姿だったが、顔が高校の頃から全然変わっていない。

「あ、杉山！」

彼もすぐに気づいたようだった。自分も顔が変わっていないのか、と思ったが、いやいや、この間見かけたからだ、と思い直す。

「久しぶりだなあ、全然変わってないなあ！」

……やっぱり変わっていないのか。何だかがっかり。

「こちらがこの間お話しした朱雀雅先生。先生、私の同級生の杉山織さんです」

白髪のがっしりとした男性にいきなり紹介されて、織はさらに焦《あせ》る。その容貌は、雑誌の写真などで見たとおり、さながらベートーベンのようだった。とにかく迫力がある。

「どうも。朱雀です。飯塚くんから話は聞いてます！　お美しい方ですな！」

舞台仕込みの朗々たる声でそう言われ、はしっと握手をされた。ぶんぶんと振られながら、

「は、はい、よろしくお願いします……」

そう返事をするのでやっとだった。圧倒されすぎて、お世辞に謙遜《けんそん》もできない。

「まあ、お座りになってください」

助け船を出すように、年配の男性が声をかけてくれた。

「私は副支配人の井伊《いい》です。ようこそいらっしゃいました」

やはり私服姿だったが、ホテルの偉い人のようだ。

「飯塚くん、ご案内して」

「はい」

飯塚の立ち居振る舞いは流れるようで、そこだけは別人のようだった。

「コーヒーと紅茶、どっちがいい？」

「え、あ、じゃホットコーヒーで」

織が席に着くと、さっとカップが置かれ、ポットから熱いコーヒーが注《つ》がれる。誰かと思えば、ちゃんと制服を着たウェイターだ。

「ミルクとお砂糖はあちらにございます」

ぴしっとした動作がかっこいい。

「飯塚――あんた、ここで何してるの？」

本当に想像ができないのだが。

「俺、フロントだよ」

「ええーっ」

これは意外だった。外国人客も相手にするということではないかっ。英語が大の苦手で、宿題写させてやったこともあったのに。

「つい最近、なったばっかりだけどな」

何だかうれしそうだった。

「そうなんだー……」

「……この話をすると、みんなびっくりするのってなぜなんだろうな」

「そりゃ、子供の頃のあんたを知ってればね」

「坊主頭って損だよな」

いや、そういうことじゃなくて。

「今日は初めての打ち合わせだし、まあ気楽にしていてよ」

「ていうか、あたしはまだ引き受けたわけじゃないんだからね」

「いや、きっとお前は引き受けると思うね」

「何、その自信……」

「まあまあ」

どうも何か含みがあるような気がしてならないのだが。

そのあと、続々と人が集まってきた。

「町内会の人とか、祭りの実行委員会の人たちなんだけど、あとで自己紹介するから。まあ、ここでコーヒーでも飲んで、時間まで待ってて」

飯塚は、あとから来た人たち（ほとんどおじさんばかり）をもてなすために行ってしまう。さすがフロントだけあって、そつない応対だ。

コーヒー、おいしい。ラウンジで飲んだら、いくらくらいするんだろう。東京の高級ホテルだと、ちょっとコーヒー一杯にそれはないだろうって値段がつけられていたりするが。

白い大きなテーブルクロスがかけられた長テーブルに人があらかた座ったところで、井伊が立ち上がった。六時ぴったりだ。

「えー、全員お集まりいただけましたようなので、始めたいと思います。朱雀先生、よろしいですか？」

「はい、どうぞ」

返事一つにも重厚感がある。

「今回は、来年の春に開催される桜祭り二十周年記念のお芝居についての最初の会合ということで、みなさまにお集まりいただきました。ご協力ありがとうございます」

織はあわてて頭を下げる。その時、気づく。一つだけ空席があることに。全員集まったと言っていたけど──まあ、人数分だとバランス悪いし、予備のために一つ椅子を用意したのかな──と思ったのだが、ウェイターがそこにもコーヒーカップを置くのだ。ん？　あとから誰か来るのかな？　でも、中身を注いでる……。

「企画書をお配りしますので、ひととおり目を通していただけますか？」

目の前に置かれた数枚の資料に目を通す。中身はだいたい飯塚に説明されたとおりだったが、オーディションのことなども書かれていた。役者も地元から選抜するらしい。

「地元高校と大学の演劇部などの協力も得られそうですが、一般の方の参加も期待したく──」

井伊が話を続けているが、織は何気なく周囲を見回し、ぎょっとしてしまう。さっきまで空いていた席に、ぬいぐるみが、しかも頭だけが載せてあるのだ。何で？　どうしてそんないたずらを？　誰が？

飯塚に話を聞きたくても、席が離れているので話しかけることができない。隣に座ればよかった、と思ってももう遅い。

ぬいぐるみは、ぶただった。古ぼけた桜色で、突き出た鼻と右側がそっくりかえった大きな耳。黒ビーズの点目。それが、ちょこんとテーブルの端っこに載っているのだ。

じっと見つめていると、そのぬいぐるみの頭が動いたような気がした。まるで、織の視線に気づいたみたいに、こっちへ向いたのだ。

悲鳴をあげそうになったが、かろうじてこらえて、顔をそむける。いや、そんな。目の錯覚だ。

「井伊さん、ちょっとお待ちを」

朱雀の相変わらず朗々たる声が響き渡る。彼は立ち上がると、自分の腰のところに置かれていたクッションを取り、ぬいぐるみに近寄る。

「どうぞ。座りにくそうですね、ぶたぶたさん」

「あ、朱雀先生、よろしいんですよ。見えますから」

「いや、わたしは別のクッションを用意してもらいますから。とりあえずこれで」

朱雀がクッションを置くと、ぬいぐるみの上半身（？）が見えるようになった。っていうか——やっぱり動いてるんだけどっ。

「ありがとうございます、先生」

鼻の先がもくもく動いて、おじさんの声が聞こえる！

「どういたしまして。いつもお世話になってますからね」

「とんでもないことですよ」

にっこり笑ったように見えたのは、気のせいだろうか……。

ぶたぶたは改めて椅子に座り直し、コーヒーを飲んでいた。えっ、コーヒー!? と思ったら、こっちを見られた。どっどうしよう……！

見つめ合っていたら、何だか首をこくん、とされたので、思わずこちらもこくん、としたが……これって、会釈《えしゃく》？ ぬいぐるみと会釈？ えぇーっ、何してるの、あたし！

「じゃ、ここら辺で自己紹介をしていただきましょう」

井伊の言葉にはっと我に返る。やばい。まだやるって決めたわけではないのに自己紹介すると誤解されてしまう……。どうしよう、自分から何か言った方がいいかな。けど、朱雀先生に怒られたら……声がでかくて怖そうだし、ええと……どうしたら……。

「あ、あの、杉山さんは、今日とりあえず来ていただいたんです。まだ決めかねているようで」

飯塚が立ち上がり、そう言ってくれたので、織もあわてて席を立つ。何か言わなくてはいけないよね。黙ってるわけにはいかない。

「あの……素人同然なので、自信がないので……今日は見学させていただきに……来ました」

何だか子供みたいな言い訳に、最後の方の声が小さくなる。

「まあ、まだ時間もありますしな！」

朱雀は豪快に笑い飛ばす。

「そうは言っても、のんびりしているヒマはありませんぞ。どうぞ、そちらから自己紹介をお願いします」

朱雀が井伊のかわりに仕切り始めた。突然指名された中年男性が立ち上がり、つっかえつっかえ自己紹介をする。町内会長だそうだ。

そのあと、祭りの実行委員たち、高校の演劇部の顧問、大学の関係者などが次々と立ち上がって自己紹介をする。

「で、私は朱雀雅と申します。東京で、劇団ゼンマイ座を主宰しております」

「井伊です。当ホテルの副支配人です。今回の企画の責任者になります。それから、もう一人の責任者ですが――」

ぶたのぬいぐるみが手を挙げた。

「すみません、テーブルの上に立たせていただきます。行儀悪くて申し訳ありません」

んしょ、というかけ声と同時に、ぬいぐるみの全身がテーブルの上に現れた。手と足の先に耳の中と同じ濃いピンク色の布がはってあり、しっぽは結んであった。うわ、かわいい……。織は、おかしな状況であることも忘れて、心の中でつぶやく。

「当ホテルのバトラーをしております、山崎《やまざき》ぶたぶたです」

えー、従業員なの……ということは、飯塚の同僚ということではないか。

ところで、バトラーって何？

「責任者としてははなはだ頼りないとはお思いの方もいらっしゃるでしょうが、どうかご了承ください」

ぶたぶたがそう言うと、みんなが笑った。どうもこの人たちとぬいぐるみは、顔見知りのようだ。何で⁉　教えといてくれてもよかったじゃん！

織はぎっと飯塚をにらみつけるが、彼はふっと目をそむけた。半笑い顔で。

「どうぞご着席ください」

何だか結婚式みたいだな、と思いながら、織は手元の冷めたコーヒーを飲もうと手を出すと――何ともう温かいものに注ぎ直してある！　動転しているとはいえ、全然気がつかなかった。ウェイター、素早すぎ。危うくやけどをするところだった。

「決まっていることといえば、上演作品のみです。『オセロー』。みなさん、ご存知だとは思いますが――」

「読みましたよ、初めて」

町内会長の牧原《まきはら》が手を挙げた。ごく普通のおじさん。『ロミオとジュリエット』のストーリーくらいは知っていても、『オセロー』まではなかなか手を出さなそうだ。

「大仰なセリフが多いですなあ」

「私が脚色いたしますので、もう少しわかりやすく、短くなると思います」

朱雀が言う。

「オセロゲームってこれが元なんでしょ？」

桜祭り実行委員長の福田《ふくだ》が言う。こちらも牧原と同年代くらいのおじさんだ。

「そうらしいですね」

井伊がにこやかに返す。

「いきなりひっくり返るってことなんでしょうな。ショックとはいえ、ここまでひっくり返らなくても、と思いましたけど」

本当の理由は「黒人と白人の関係がめまぐるしく変わる様から」だそうだが（この場合の〝黒人〟はアフリカ系ではなく、アラブ系の人々を指すらしい）、福田の説も面白い。織も、ここに来る前に文庫本を買って一応読み返してみたのだが、主人公オセローの心情と行動はコロコロと言ってもいいくらい変わるのだ。オセロー、免疫がなかったのかしら、こういう葛藤に。

「ところでお訊きしたかったんですが——」

実行委員の金子《かねこ》は、まだ二十代とおぼしき男性だった。市役所の人らしい。

「どうして朱雀先生は、上演作品を『オセロー』にお決めになったんですか？」

それは織も聞きたかった。確かに脚色をすれば舞台セットは一つですみそうな作品だし、わかりやすいテーマでもある。でも、悲劇だ。祭りにはどうなんだろう。確かにシエイクスピア作品は喜劇よりも悲劇の方が一つの常識として知られているだろうが——。

けど、プロが選んだことだから、きっとちゃんとした理由があるはず、と朱雀の答えを待っていると、彼は真顔で、

「夢のお告げです」

と言った。

これにはみんな目が点になる。あっ！　織はめざとくぶたぶたに振り返る。最初から点目の人（？）は、こういう時、表情読めない！　何だか発見をしたようで、ちょっとうれしくなる。

「ゆ、夢、ですか？」

質問をした金子がようやく声を出した。

「そう。夢です。私はよく、夢からアイデアを得るんです。今回もそういうことです。私は、夢で『オセロー』を演っているのを見たんです」

「それと今回の祭りとどう関係があるんですか？」

福田がきょとんとした顔のまま、たずねる。

「いや、夢を見た時はそんな関係あるなんて私も思わなかったですよ。見たのは去年の

暮れですからね。でも、今年の祭りの公演が終わってすぐ、井伊さんと福田さんに今回のお話をいただいた時、ああ、そういうことか、と。わかったわけです」

わからない……。

けど、こういう発想の人が本当に業界というか、クリエイターとしてやっていけるんだろうな、と織は思う。脚本家の先輩や小説家の何人かに会ったことはあるが、こんなふうに自分の発想や創造したものに絶対の自信を持っている人が多いのだ。一見常識人のように見える人でも、多分、あまりそういうことを表に出さないだけ。「わからない」とすぐに感じてしまう自分には、そういう素地がなかったということなのかもしれない。

改めて考えると、少し悲しいことではあるけれども……。

「今回の公演の成功のポイントは、一つだけです」

朱雀はぐいっと人差し指を突き出すが、

「あ、だけってことはないですよ。もちろんみなさんの協力とか、役者さんの演技にもかかってますからね」

とあわてて言い直す。何だかかわいい。

「いや、でもすごく大きなポイントが、一つ、あるんです」

ほとんどセリフのようだった。まさに独壇場だ。

「それは何でしょうか？」

牧原がたずねる。彼も引き込まれているような顔をしている。

「それは——ぶたぶたさんがイアーゴーを演じる、ということです！」

しん、と会議室が静まりかえった。後ろに控えているウェイターの人までびっくりしているのではないか、と思うほど。

「いや、それは無理ですよ」

沈黙を破ったのは、他でもない、ぶたぶた本人だった。

「いくら先生のお頼みとあっても——」

「いや、君ならできる！」

「私がイアーゴーじゃ、説得力ないでしょう？」

「そんなことはない！　意外性に観客は引き込まれるはずだ！」

……確かにものすごく意外だけれど。

「お芝居なんて、したことないんですよ」

「君のその声だけで充分だ！」

「声量ないですし」

「訓練をすればいいのだ！　いや、しなくてもいい！　君そのままでイアーゴーを演じてくれさえすれば！」

「でも、ぬいぐるみなんですよー」

ぶたぶたが困ったような顔になる。織は別の意味でびっくりしていた。彼は自分がぬいぐるみだと自覚しているのか。

「悩んだんだ、私だって」

そりゃ悩むよな。ぬいぐるみだもの。

「本当はオセロー役の方がいいんじゃないかって！」

そっちの悩みかいっ。

「オセローもイアーゴーも、他のどの役もできませんよー」

ぶたぶたは本当に困っているようだった。そのまま延々と押し問答は続き——朱雀もぶたぶたも自分を曲げようとはしなかった。まあ、ぶたぶたが曲げないのは当たり前のような気もするが、他の議論が何もできないままに時間はどんどん過ぎる。

「とりあえず朱雀先生、イアーゴー役に関しては、またのちほど検討するとして、オーディションのことを決めませんと――」

たまりかねた井伊が割って入り、渋々朱雀はうなずいた。

「でも、あきらめませんからねっ」

力のある目、芝居がかった動作で点目をびしっと指さすが、ぶたぶたの顔には眉《まゆ》のあたりに八の字のしわができただけだった。

結局、オーディションのだいたいの日程と、どのような形にするか、ということだけがかろうじて論じられた。朱雀が脚色にかかっている間に、こちらの人間が書類や面接などである程度人数を絞り、最終的に朱雀に決めてもらう、という形になったところで、時間切れ。朱雀は仕事のために東京へ帰るという。さすが、忙しい人なのだ。

何が何だかわからず、ひとことも議論に加わらないまま、織は席を立った。何もしていないにもかかわらず、何だかどっと疲れが――立ちくらみがしそうだった。

「杉山くん！」

突然の大声に驚いて、直立不動になる。

「頼むね、君！」

朱雀にがしっと肩をつかまれてしまう。

「え、あ、何を、ですか⁉」

「ぶたぶたさんの説得だよ！」

「ええっ⁉」

「私はぜひ、彼のイアーゴーが見たいんだ。説得してくれ、お願いだ！」

「な、なぜあたしが……？」

「君は私の助手だろ⁉」

「ええーっ！」

目の玉が飛び出るかと思うくらい、びっくりする。

「連絡するから、携帯電話の番号教えて」

「あ、はい」

と返事してから、これは新手《あらて》のナンパか、と思って、ついにらんでしまうが、目の力で勝てるわけもなく、言われるまま、番号とメールアドレスまで教えてしまう。

「ありがとう！　経過聞きに電話するからね！」

そう言うと、朱雀はマネージャーらしき男性に急《せ》かされるようにして、会議室を出ていった。朱雀先生、こんな人だったのか……。呆然と残された織の肩を、ぽん、と叩く者がいる。

「気に入られたみたいだな、先生に」

飯塚だった。こいつは最初から朱雀の好みを知っててあてがったのではないか、という疑惑が湧き起こる。ほとんどこれは、罠ではないか。生贄《いけにえ》だ。

「……仕組んだでしょ？」

「何にもしてないよ。朱雀先生には」

「朱雀先生には、って何よ」

「いや、お前はきっと引き受けるんじゃないかって思ってただけだよ」

あたしはぷいっと顔をそむける。

「そんなの、まだ決まったわけじゃないよ」

「先生に気に入られても？」

「そうよ」

そむけた顔で、会議室の中を見回す。

「あっ！」

思わず声が出た。

「ぶたぶたさん？」

飯塚の問いかけがいまいましい。

「ぶたぶたさんはまだ仕事中だから、持ち場に戻ったよ。お前によろしくってさ」

「べ、別に気にしてるわけじゃないよ……」

「まあまあ。俺、もう仕事は終わってるから、飲みに行かない？」

「車で来てるもん」

「大丈夫、俺飲めないから。車、運転してやるからさ」

「……そう？」

何となく飲みたい気分ではあった。

飯塚は、健康のために車の通勤はやめて、自転車で通っているという。

「自転車置いていって、明日の朝、困らない？」

「バスもあるし、走ってもいいから」

さすが体育会系だ。

ホテルの上のバーに行ってみたくもあったが、勤め先で飲むのはやはり避けたいらしく、行きつけの店を教えてもらった。居心地のいい小さなバー。飲めないのに、常連なのだ。地元の友だちとよく来るという。それはつまり、織の同級生たちということだ。

「今度、みんなで集まろうよ」

「そうだね。けっこうここら辺に住んでる子も多いみたいだし」

飯塚も、今は実家近くのマンションで一人暮らしをしているが、その前は横浜で働いていたと言う。

「ご両親は元気なの？」

「うん。もう働いてないけど、姉貴夫婦と同居してる。毎日、いろんなとこに行ってるらしいよ」

「横浜でもホテル勤め？」

「ううん。普通のサラリーマンだった。貿易関係」

「それがホテルマンに転職？」

「過労で入院したことがあってさ、その時、お客さんの見舞いに来てたぶたぶたさんに出会って、その縁で」

ぶたぶたの見舞い。大きな花束が勝手に歩いていくところを想像すると、笑いがこみあがってくる。

「思い出すだろ？　ぶたぶたさん見てると」

ふいに飯塚が言う。

「ああ……まあね」

「あの芝居が、本当になったみたいだよな」

あの芝居――飯塚も見に来ていた『人形の夜』。高校生だった織が書いた脚本。気の弱い女の子が恋をするが、勇気がなくて告白も何もできない。彼女が大切にしている人形が夜の間だけ彼女の姿を借り、思いを伝えようとするが、人形も彼に恋をしてしまう――。我ながら、何と陳腐なストーリーだろうか。

だが、人形が心を持ち、人間の姿を借りてだが動き出す。そんな不思議な物語が小さな頃から好きだったし、自分でも書きたかった。だいぶ書きためて、シナリオの公募などに送ったりもしたが、いいところまでは残っても、必ず最後には落ちてしまう。普通の話の方がいいのだろうか。ラブコメディでも書いた方が受けるかも――そう思って書いてもみたが、あまり楽しくなかった。どうやっても、都合よく話が進むだけのような気がして、不安にさえなった。

やっぱり不思議な話が好きなのだ。それは、自分の生活に不思議なことなんて、一つもないから——と思ったら、とびっきりのものが飛び込んできた。

なのに……。

「本当になると、なんか……溶け込んでるっていうか」

あんな不思議なもの見たあと、ビール飲んでピザとか食べてていいのか、という気分になるし、そのピザやスペアリブがめっぽうおいしいのはどういうことだろうとか、こんな時間に食べたら太るとか考えてるのもひどく普通だなあ、想像と違うなあ、などと思ったり——。

「それがまた、ぶたぶたさんの不思議なとこじゃん」

「あー……なるほどね」

たとえ彼の存在を初めて知って、とっても驚いても、なぜかすぐにしっくりなじんでくる。ずっと前から知っていたみたいに。それは、織の想像の域を超えていた。あんな存在に出会ったら、世界がひっくり返ると思っていた。でも、ひっくり返るどころが、いつもと同じだ。いや、同じじゃないけど、同じだ。ひっくり返っているかもしれないけれども、同じなのだ。

もしかして彼は、人形の魂が人間に乗り移るように、人間の魂がぶたのぬいぐるみに宿ったものなのかもしれない。――とちゃちな脚本家が考えること自体させない雰囲気があった。ぶたぶたは、ぶたぶたなのだ。そんな謎をむりやり考えるより、その方がずっと面白いじゃない？

「だから、会えばお前が引き受けると思ったんだよ」

そうだ。ぶたぶたと一緒に何かやりたいと思った。演出助手は大変そうだが、もし彼がオセローでもイアーゴーでも演るのなら、その手伝いができる。

「ぶたぶたさんのイアーゴー、見たいと思わないか？」

「見たいねえ」

というか、どんな役でもいいから出たとしたら、大ウケ間違いないだろう。悲劇だか喜劇だかわからなくなる、というデメリットはあるかもしれないが。

「助手はまだ自信ないけど……とりあえず、ぶたぶたさんを説得してみるよ」

朱雀も、夢のお告げだからと言って、それですべてうまくいくと思ったわけではあるまい。舞台にぶたぶたが出て、朗々とセリフを言っているシーンを思い浮かべれば、わくわくするのは当然だ。その気持ちをどうしても振り払えなかったに違いない。もしかしてセリフは棒読みかもしれないし、その前に、憶えられないこともあり得る。それでも、自分が味わったワクワクした気持ちを観客にも分けてあげたい、と強く願ったから、朱雀はあんなにこだわったのだ。

多分、あの場にいた人はみんな思っただろう。ぶたぶたのイアーゴー（ｏｒオセロー）が見たい、と。

とはいえ、役者としてのぶたぶたは未知数──いや、何も知らないから当たり前だが、それにしてもイアーゴーはセリフが一番多い役なのだ。素人では荷が重いと思うのは当たり前である。『オセロー』は、ほとんどイアーゴーが話を回す。オセローは主役であり、まことに清廉潔白な人間であるが、イアーゴーに妻の不貞（もちろんウソ）を吹き込まれ、本人の言うことをロクに聞かずに殺してしまうという、イアーゴーにとってはまったく都合のいい人物になってしまっているのだ。

確かにぶたぶたのあのかわいらしい外見と悪役イアーゴーのイメージは重ならないが、実はオセローやその周辺の人に「人徳があり、信用のおける男」と思わせていたキャラである。「人徳があり、信用のおける男」──かどうかは、ほとんど話したことがないのでわからないけれど（飯塚に怒られそうだが）、少なくとも人畜無害であろうことは一目でわかる。そういう外見の持ち主が、実は悪党である、というのは、朱雀の言うとおり、とても面白そうだ。

次の日、織は義成にくっついて、仕事でグランドホテルへ訪れた。部屋に飾る生花を持ってきたのだ。今の季節ならチューリップ。色や大きさ、咲き方を楽しめるよう、様々な種類を用意した。部屋の雰囲気や色合いに合わせて生けるのは、総支配人の役目だと言う。

裏の搬入口から花を運び入れたあと、義成が、

「遅い昼、食べてこうか」

と言った。

「えー、高いんじゃないの、ここ」

ランチとはいえ。

「そうでもないよ。ラウンジのランチはリーズナブルだよ」

「ジーンズっていうか、普段着だけど、いいの？」

「平気平気。近所の人も散歩の途中とかに寄るからさ」

義成の言ったとおり、ランチは千円からあり、立派なコースを食べている人もいるが、半分くらいは一番お安いサラダ&スープのランチを食べているようだ。日替わりの具だくさんスープと山盛りのサラダ、食べ放題の焼きたてパンと食後のドリンク付きで千円はお得かも。男性客も多かった。

スープはどんぶりのような容器で出てきた。海の幸たっぷりのクリームスープだ。トマトも入っているので、さっぱりと食べられる。

その上、パンのおいしさったら。バターにもオリーブオイルにも合う小ぶりでふっくらしたパンの入ったカゴを、二人で三回もおかわりしてしまい、ちょっと恥ずかしい思いをする。たかがスープとサラダと思っていたが、すっかりお腹《なか》いっぱいになってしまう。

「今日は俺、おごってやるよ」

義成が珍しいことを言う。

「配達に行った時、たまにだけどこういう昼も食べててさ。姉ちゃん、いつも店でコンビニのお昼ばっかだろ？」

「そりゃそうだけど……」

弟におごってもらうのって、姉としてはどうだろう。

「遠慮しないでよ。それにこういう店は、男におごらせた方がいいって」

それもそうかも。織は遠慮なくおごってもらうことにした。

「利香ちゃんもたまには連れ出しなね。お母さんも萌《もえ》に会うの楽しみにしてるから」

萌というのが姪《めい》っ子の名前だ。我が家のアイドル。

「じゃあ、たまには預けて二人で出かけるかなあ」

義成と利香は小学校からの同級生で、結婚するまでくっついたり別れたりをくり返していた。婚約したあとに解消したり、またつきあってすぐに別れたり——『オセロー』顔負けの修羅場もあったし、よくもまあ、もったものだ、と織は思う。そうやって気のすむまで揉《も》めたから、今の二人があるのかもしれないが、萌がいるといないとでは落着きが全然違う気がする。単なる男女から父親母親になったからだろうか。

義成が精算をしている間、織はロビーをうろうろしていた。昨日は夕方でひっきりなしにフロントに客が訪れていたが、昼はチェックアウトとチェックインの間の時間帯なので、心なしかのんびりしている。飯塚はいなかった。いつ働いてるんだろう。ちゃんとできてるのかなあ。いまいち心配だった。

その時、目の端に何か薄ピンクのものが動いた。柱の向こうに転がるように入っていくバレーボール大の影。間違いない。ぶたぶただ。

あわてて追いかけると、ぶたぶたは柱の陰で何やら床のゴミを拾っていた。

「あっ！」

気配に気づいたのか振り向くと、存外にびっくりした声を出す。しかしすぐに立ち上がって、ぴしっとお辞儀をする。

「昨日はありがとうございました。ご挨拶もせずに失礼して申し訳ありませんでした」

「いえ、こちらこそ、満足に話せなくて、失礼しました」

うわ、普通の会話してるよ。自分の脚本なら、いきなり「あなたは誰⁉　正体を明かしなさい！」とか言わせそうだな、と思うが、現実は違うようだ。

「あの……朱雀先生から、説得するように頼まれたんですが……」

何となく遠回しに言っても仕方なさそうな気がしたので、真っ正面から言ってみることにする。

「えー、困りましたねー……」

本当に困っているように、また八の字のしわが目間に寄る。

「昨日先生がおっしゃったことは、以前からうかがってたんですが、まさか本気とは思わなくて……」

「どうしてダメなんですか？　何か特別な理由でもあるんですか？」

うーん、と今度は腕組みをする。腕を結んでしまったように見える。

「あっ、そうだ。昨日訊きたいと思ってたんですけど」

急に思い出した。

「何でしょう？」

「バトラーって何ですか？」

「ああ、それは便宜上つけているような職名でして——直訳すると〝執事〟ということです。まあ、何でも屋とでも申しますか。基本的に私は、接客を担当しているわけではないのですが、特定のお客さまのお世話をすることはございます」

「特定のお客さま……？」

「たとえば、私のことを見ることができる方とか」

……え？

「あ、いえ、今のは冗談です」

濃いピンクの手先がさささっと揺れる。

「……冗談には聞こえにくいです……」

「あ、そうですか？　でも私、基本的にはお客さまの前には極力姿を現さないようにしているもので、見つけられる方は本当にわずかなんです」

「どうして見つからないようにしてるんですか？」

「私は本来、従業員の教育を担当しているのです」

「え？」

その小さな身体《からだ》で、点目で、しかも裸で、従業員の教育!?

「今のは冗談じゃないですよ」

どっちにしてもびっくりだが。

「従業員にも見つからないようにチェックをしなければならない時もありますから、そうなるとお客さまの目にも触れにくくなります」

そうかなあ……目立つと思うけど。今だって、ここはすみっことはいえ、ロビーだ。そこで普通に話している。人がさっきからそばを通らないことは確かだが。

「普段からお客さまに気づかれないように従業員のミスを直したり、ちょっとした――さっきみたいに掃除をしたりしているのですが、そういう仕事柄、人前に出るのはちょっと慣れていないものですから……」

「舞台に出て顔が（というか全身）知られてしまうと、お仕事がやりにくいってことですか？」

「そうですね……。先生には言いにくかったのですが、そういうこともあるかもしれません。でも、人手が足りない時は普通に給仕なども手伝いますし……絶対というわけではないのですが……」

再びぶたぶたはうーんと悩む。

「私なんかがそんな主役級の役を演るなんて、とは、どうしても思ってしまいますよねえ。他に演りたい方がいらっしゃれば、そちらの方のほうがふさわしいと思います」

「そんなことないですよ！」

織は思わず大声を出してしまう。このホテルの高い天井には響きすぎて、あわてて口をおさえる。

「演ってみたいって思ってませんか、ぶたぶたさん？」

うわ、何だかなつかしい言葉を言っている。高校の時の劇団は女の子ばかりだったから、『人形の夜』で主人公の相手役を演ってくれる男の子がどうしても必要だったのだ。

出会う男の子男の子をそう言って口説いたっけ……。今思うとすごいセリフだが、それでも何とか見つかったことが奇跡のようだった。その子は主役を演った女の子と少しつきあったが、すぐに別れてしまったなあ。

「うーん……興味はあります」

「興味があるなら、ぜひ！」

下から織の顔を見上げて、ぶたぶたは首を傾《かし》げる。

「あなたや先生は、なぜ私にそんなにお芝居をやらせたいんでしょうか？」

「見たいんですよ、ぶたぶたさんが演じる姿を」

そう言って、はっと思う。ただ出て、笑い者になっては困る。かわいいからと言って受けるだけではダメだ。そんなの、悲しい。ぶたぶたにも悪い。

「じゃあ、どなたかの代役ということで、セリフを憶えておくというのは——」

「代役なんてとんでもない！ ぶたぶたさんは、ぶたぶたさんにしかできないこと、あるでしょう。誰の代わりもできないし、ぶたぶたさんの代わりもいませんよ」

思わず織は熱くなる。つい説教じみたことを言ってしまった。とはいえ現実問題として、ぶたぶたの代役は必要にはなるのだが、それはとりあえず置いといて。

ぶたぶたの点目がぱちくりしたように見えた。

「本当に私にできるとお思いなんですか？」

「思いますよ」

これは本気だった。本気になってきたのだ。朱雀が織に乗り移ったみたいだった。え、あたし、人形？

「演るとなったらやはり素人なので……ちゃんと稽古をつけていただかないと、私としても不安なんですが」

「それはまかせてください！」

と言ってしまってから、自分も罠にはまった——と思っていた。説得だけして逃げるつもりだったのに……。

「じゃあ、やってみます」

「やった！」

織はぶたぶたの手を取った。ふにゅっと柔らかい。でも、しっかり握り返してくれているのもわかる。

「あなたの情熱に負けました」

その情熱の源が、ぶたぶた本人にあるとは、彼は思っていないかもしれない。でも、自分の奥底から何かが湧き出てくるのを織は感じていた。昔なつかしい気持ち。やっぱり芝居、自分もやってみたい。人形を通してしか自分の気持ちを伝えられなかった主人公が自分の言葉で語り出すように、彼女の姿を借りていた人形が自らの意志で身を引くように——朱雀や飯塚やぶたぶたに感化されて、初めて自分の気持ちが見えてきた。

これから忙しくなるだろうが、何だかワクワクしてきたぞ。

「今日は、このためにいらしたんですか？」

ぶたぶたにたずねられて、思い出す。義成！

「いえ、実は仕事中なんです。これから店に帰らないと——」

「そうですか。じゃあ、私も仕事に戻りますね。次の顔合わせの時を楽しみにしています」

ぶたぶたはそう言うとぺこりと頭を下げ、転がるようにロビーの奥の方へ消えていった。

「姉ちゃん！」

柱の陰から義成が顔を出す。あー、びっくりしたー。

「何してんだよ、早く帰らないと」

「あ、うん、ごめん」

あわてて車に乗り込み、店を目指す。

「あ、そうだ」

義成も知っているのではないか、ぶたぶたのこと。

「あんた、何度もあのホテルに行ってるんでしょ？」

「うん。しょっちゅう行くよ」

「じゃあ知ってるよね、ぬいぐるみの人」

「ぬいぐるみの人ぉ？」

ハンドルを切りながら、義成は顔をしかめる。

「着ぐるみ着てる人のこと？」

「え？……知らないの？　小さい、あの……」

「着ぐるみも見たことないなあ、あのホテルでは。あんまりそういうので客寄せはしないよね」

知らないんだ、義成は。

――たとえば、私のことを見ることができる方とか――

いや、違う。

――基本的にはお客さまの前には極力姿を現さないようにしているもので、見つけられる方は本当にわずかなんです――

織よりはるかに回数多く来ている義成は知らない。なのになぜ自分はこうあっさりと見ることができたのか。結果的に、ということだが。飯塚に紹介してもらったようなものだし。でも、そうなったのは、誰の、何のせい？　ぶたぶた？　それとも、このホテル自体？

まあ、それはこれから追い追い探ることにしよう。でも探るヒマ、あるかなあ。

柔らかな奇跡～夏の物語

白亜の館《やかた》。

まさにそんな言葉がふさわしいホテルのたたずまいに、昭光《あきみつ》は圧倒されていた。

車が森を抜けた瞬間、魔法のように現れたその建物が、自分たちの目指しているところだとは、とても信じられなかった。

「きれいだねえ」

思わず声が出た。自分たちのようなごく普通のサラリーマンとＯＬがこんなところ泊まってもいいものか、と思いながら。

「ありがとう。ほんとに来られたのね」

助手席の香奈恵《かなえ》が振り返って、そう言った。夏のきらめく日射しに負けないくらい、彼女の笑顔は輝いていた。

「二人の永遠の印に、流星群に願いをかけたいの」

香奈恵にそんなことを言われたのは、春なのに夏のように暑いある日だった。彼女とは、去年の秋、転職先の会社で知り合った。清楚な香奈恵は、秘書課の華だ。昭光は、まずその音楽のような声に恋をした。電話口でそつなく受け答えされるだけでなく、笑い声を聞きたい——そして、ひと目会いたいと願い、懸命に秘書課での用事を作った。

苦労が実り、愛らしい香奈恵が晴れて昭光の恋人となったのは、冬から春に変わる頃だった。もっとも彼女が恥ずかしがって、社内では大っぴらにはできないのだが。

「このホテル、知ってる？」

香奈恵が出したホテルの名に、昭光は首を振る。八月一日——夏の星祭り。流星が降る夜空に願いをかければ、幸福になれるという伝説がある祭り。それを執り行うホテルだと言う。

「あまり知られていないけど……何も宣伝してないのに、世界中の有名人がお忍びで泊まりに来るような高級リゾートホテルらしいの」

高級——その言葉に、昭光は不安になる。夏の休暇の話をしていたのだから……。

「あたし、別に贅沢がしたいわけじゃないのよ」

香奈恵はからからとアイスティーをかきまぜながら言う。

「迷信を信じているわけでもないの。でもね、夏祭りの夜、そのホテルに泊まると幸せになれるっていう伝説もあるのよ。実際に去年、友だちがそこに泊まったら、秋にいい人と知り合って、この間結婚したの。今まで苦労していた子だったから、あたしとってもうれしかったわ。伝説は本当なんだって、思ったの。あなたとずっと一緒にいたいと思うし、そのためには何か証《あかし》がほしい。初めての旅行ですもの。普通の旅行じゃいや。一生の思い出になるような夜を、あたしにちょうだい」

ロマンチックな夢を語る潤んだ瞳に見上げられて、昭光はついうなずいてしまったのだ。

だが、彼の予想は少しだけはずれた。料金は思ったとおりではあったが、それは貯金もあるので何とかなる。一番驚いたのは、すんなり予約できたということだ。シーズン中だし、もっとも苦労するのは予約だろうと思っていたのだが、拍子抜けするほど簡単に部屋がとれてしまった。たまたまタイミングよくキャンセルがあっただけかもしれないが。

予想どおりというか、それ以上だったのがこのたたずまいだ。こんなに素晴らしいものとは思っていなかった。ホテル前のビーチには、クルーザーまで係留されている。海のきらめきを一身に集めたように輝く館の前に車を止め、鍵を預ける。素早くドアマンが助手席のドアを開け、荷物を降ろしてくれた。何から何まで戸惑うばかりだ。しかし、香奈恵は動じることなく優雅に車から降り立つ。女性の方がこういう時、堂々としているというのは本当らしい。

時刻は午後二時ちょっと過ぎ。早めにチェックインして、森や海岸の散策をしたい、というのが香奈恵の希望だった。重厚なフロントでルームキーを受け取り、ポーターの案内に従ってエレベーターへ向かう。

「今夜は晴れそうなんですか？」

香奈恵がポーターにたずねている。

「ええ。雨の心配はないとのことです」

「よかった。流星を見るために来たのに、雨が降ったら困るもの」

「八時には海から花火も上がりますから、楽しみになさっていてくださいね」

ふーん、花火か……。イベントもいろいろあるようだ。あのクルーザーには乗れるんだろうか、とポーターにたずねようとした時、ふと何かが目の端《はし》に止まった。

何気なく振り返ると、フロントカウンターの脇の柱から、何かが顔を出している。

ぬいぐるみだ。小さなぬいぐるみが、顔を半分だけ出している。大きな耳、長く突き出た鼻、ピンクの布地。少し濃いピンクの布を張った片手の先まで見えている。あれは――ぶたのぬいぐるみだろうか。

何とここにそぐわないものか。誰があんなことやっているんだろうか。多分誰かが柱の陰でやっているんだろうが、どうしてそんなことしているのか。人形劇の練習？ だとすれば、ちょっときょろきょろしている感じが出ていてなかなか上手だが――そんなイベントもあるのかなあ。子供が来ていても不思議ではないのだし。

でも、フロントの近くでやることではないよなあ。

「昭光さん？ エレベーター来たわよ」

「え？ あ、ごめん」

クラシックなエレベーターが、昭光の前でぽっかり口を開けて待っていた。乗り込む時、少しだけフロントの方をうかがうと、廊下をバレーボールくらいの大きさのものがころころ転がっていったように思えたのだが、気のせいだったろうか。

何だったんだろう、さっきのは。目の錯覚かな。長時間車を運転していたから、疲れが出たのかもしれない。多分そうだ。

「こちらのお部屋です」

ポーターが案内してくれたのは、二階の素晴らしいオーシャンビューのツインルームだった。広さはさほどでもないが、この眺めさえあれば充分だ。

「海からの花火もご覧になれますよ」

「すてきねえ」

香奈恵はさっそくバルコニーに出た。長い髪が潮風になびいて、横顔が海の青に映える。

ポーターが出ていく時、ドア越しの廊下からちらっと何かが横切ったような気がするが……気がしただけか？

「ねえ、こっちに来ない？　気持ちいいわよ」

「ああ、今行く……」

と返事はしたものの、どうも廊下が気になる。確認すべきか。でも今すぐドアを開けると、ポーターを呼び戻すみたいになってしまう。それはちょっと気まずい。用事もないし。

「ねえ、どうしたの？　早く」

結局、香奈恵のいるバルコニーを選んだ。

「ほんとにすてき……ありがとう、こんないいお部屋をとってくれて。とてもうれしいわ」

潤んだ瞳でそう言われると、本当に弱い。

「下でお茶でも飲みましょうか。ちょっと喉《のど》渇いたの」

せっかくだから少し部屋で休んで、と思ったのだが、確かに昭光も喉が渇いていたので、素直にうなずく。

はしゃぐ香奈恵に手を引かれて、昭光は廊下へ出た。先に立って歩き出す彼女のあとを追いかけながら、何気なしに後ろを振り向くと――廊下の端を何かが転がっている。

ピンク色の丸っこいものだ。

さっきのぬいぐるみ！　というか、それと似たようなもの。ただのボールかもしれないが、しっぽが見えた気がする。思わず追いかけようとしたが、

「昭光さん！　どうしたの？」

香奈恵に声をかけられる。

「今、見なかった？」

「え、何を？」

「何か……廊下を横切らなかったかな？」

香奈恵はあからさまに顔をしかめた。

「やだ……いくら古いホテルだからって」

怯《おび》えたような声を出す。昭光は、一瞬何を言われたのかわからなかった。

「このホテル、『出る』って噂《うわさ》だけど……」

「いや。違うよ、そんなんじゃなくて——」

ぬいぐるみみたいなものなんだけど。

と言いかけてやめてしまう。考えてみれば、ぬいぐるみだろうと白い影であろうと、ホテルをうろつくものとしてはおかしい。だいたい、どうしてぬいぐるみが歩き回るというのだ。驚いたけど、かわいかったからって怖いと思わない方が変だろうか。

昭光は改めてホテル内を見回す。なるほど。建物が古いことは確かだし、内装も丁寧な手入れと歴史を重ねているようだ。何か出てもおかしくない条件はそなえていそうである。別に何も感じなかったが、海からの陽光にごまかされているだけなのかもしれない。とはいえ昭光自身、そんな霊感みたいなもの、これっぽっちも持ち合わせていないのだが。

「ごめん、ごめん。気のせいだと思うよ」

あわててごまかす。ご機嫌だった香奈恵の顔が曇るのは、何としても避けたい。

香奈恵はまだ半信半疑なようで、周囲をしきりと見回している。

「あたしの知り合い、霊感のある人って多いの。何か変なもの見たとか、すぐ言うのよ。だから、気になっちゃって」

「へー、そうなんだ。でも、僕はほんと、そんな力ないんだよ」

「あたしもそう。見たいとも思わないけどね」

ラウンジの海に面したテラスに案内されて、ようやく香奈恵の機嫌も元に戻った。昭光も、冷たい飲み物を飲んで、何とか人心地ついた気分だった。

二人でこれからの予定を話し合う。海岸や森の散歩。どのレストランで夕食をとるか。香奈恵の希望はフレンチだ。予約をした方がいいだろうか。

「あ……曇ってきたわ」

雲がすごい勢いで空を覆い始めた。雷鳴も遠くから聞こえてくる。

「夕立が来るのかな」

「流星までにやめばいいけど……」

念のためにテラスからラウンジ内にテーブルを移動する。散歩にはもう少し待たなくてはいけないかもしれない。昭光は追加のアイスコーヒーを注文し、ついでにトイレへ立つ。

フロント脇を通り過ぎた時、ホテルのプライベートルームのドアが少し開いているのに気がついた。隙間《すきま》から、若い従業員が神妙な顔をしてうつむいているのが見える。制服からしてレストランのウェイターだろうか。

「とっさでも、絶対に後ずさりしちゃいけないって言ったでしょう？」

中年の男の声が聞こえた。明らかにウェイターとは違う声だ。誰かが彼にやんわりと説教をしているという感じの口調である。

「後ろを向かなきゃだめって憶えてるよね」

「はい」

ウェイターが口を開いて返事をする。何で後ずさりがいけないのだろうか。

「復帰したばかりだから緊張しているのはわかるけど、早く昔の勘を取り戻すんだよ」

「はい、わかりました。すみません」

ウェイターは深々と頭を下げる。

「いいから顔上げて。持ち場に戻りなさい」

そんな言葉とともに、ドアが開いた。誰か出てくるのかと思ったが、誰もウェイターの前を通らないまま、ドアが閉まった。

「あれ？」

あわててあたりを見回すと——あっ！

角を曲がっていくのは、大きな耳と縛ったしっぽだ。右耳がそっくり返っているのもはっきり見えたぞ！

急いで追いかけるが、もう跡形もなくなっていた。何て素早いぬいぐるみだ。

さっきの部屋から、ウェイターが出てきた。

「あっ、ちょっとすみません！」

昭光が声をかけると、ウェイターはびっくりしたように振り向いた。

「あの、今、その――」

この部屋で、ぬいぐるみに説教されてませんでした？

いや、そんなこと、言えない……昭光の顔に、妙な笑顔がはりつく。

「あの、えーと……今一緒にいらした人は、どちらに行きましたか？」

〝人〟という言い方にはちょっと躊躇《ちゅうちょ》したが、気づかれなかっただろうか。

ウェイターは、少しだけぽかんと口を開けていたが、たちまち営業用だろうか、笑顔を浮かべて、こう言った。

「お客様、今ここには、わたくししかおりませんでしたが」

「遅かったじゃない」

香奈恵は待ちくたびれたのか、少し不機嫌になっていた。一人では退屈だったのだろう。失敗した、と昭光は思ったが、幸い雷鳴も遠くなり、雲もだいぶ晴れている。

あれからちょっと探してしまったのだ、ぬいぐるみを。ウェイターにあれ以上訊く勇気がどうしても持てなかった。

「いや、あの、人じゃなくてぬいぐるみなんですけど」

とたずねたら、どんな反応が返ってきただろうか。でも、やっぱり「そんなのありません」と言われたらショックが大きそうなので断念してしまったのだが、訊いておけばよかったかなあ。

「早く海に行きましょうよ」

香奈恵はすでに席を立っている。アイスコーヒーを急いで飲み干してから、彼女を追いかけた。

「よかったわ、あのままずっと天気が悪かったらどうしようと思った」

きゃしゃなサンダルで砂浜を慎重に歩きながら、香奈恵は言った。

「そんなに流星が見たい？」

「そりゃそうよ。幸せを望まない女がいると思う？」

香奈恵は昭光の腕にすがりつく。身近に幸せになった人がいれば、より強く望むのは無理もない。

「もし今年見られなくても、また来年連れてきてあげるよ」

昭光の言葉に、香奈恵は足を止めた。

「何？」

「ううん、何でもない。貝殻が入ったみたい」

香奈恵はサンダルから砂をふるい落として、笑顔を見せた。


海岸と森を散歩して、部屋に帰った。

昭光がシャワーを浴びている間に、香奈恵はソファーで眠ってしまっていた。こんないい潮風に吹かれて座っていたら、眠らないでいろという方が酷だろう。ブランケットをかけてやり、しばらく寝顔を見つめる。――が、起きる気配がないので、着替えて下へ降りた。

うろうろとあてもなく歩き回る。ぬいぐるみの姿は見つからない。いや、別に探しに降りたわけではないのだが――と自分に言い訳をしてみる。

ふと思いついて、フロントにたずねた。

「花火って何時からですか？」

「八時からです」

「食事しながら花火を見ることはできます？」

「はい。ご予約承っております」

それは絶好のシチュエーションではないか。香奈恵の喜ぶ顔が浮かぶようだ。さっそくフレンチレストランに予約を入れる。

「お食事とデザートの間に花火の時間が当たります。見終わってからごゆっくりとデザートをお楽しみください」

フロント係はそうにこやかに言う。なかなか気のきいたサービスである。

サービスといえば、そうだ。もしかして。

「あの……今夜、人形劇とかあります？」

「いえ。そのようなものはございませんが」

いかにもベテランという感じのフロント係の顔はまったく変わらなかった。何だかこういう質問に慣れているような。いや、これも気のせいだろうか。

勇気を出して、訊いてみる。

「たまにぬいぐるみが……落ちているような気がするんですが」

我ながら変なことを口走っていると思う。でも本当は「ぬいぐるみが歩いている」と言いたかったのだが、そこまでの勇気はなかった。

「さようですか。行き届かなくて申し訳ありません」

いやそんな、謝られても困る。それに、これではここで話が終わってしまうではないか。

と後悔してももう遅い。結局昭光は、曖昧《あいまい》な笑みを浮かべて退散するしかなかった。

何でみんないないことにするのか――いや、フロント係は別にぬいぐるみがいないとは言っていない。「行き届かなくて」ってどういうことだ？　結局はいるのかいないのか？

そういうこと考えると、多少怖いような気がするのだが、どうもあのちょろっとしたしっぽとか、まんまるのちっちゃい転がるような後ろ姿とかを思い出すと、ちっとも怖くないのである。出るなら出るで、もっとここに似合うものであってほしい、と思ったりもする。いかついモンスターとかドロドロの化け物とか数百年単位の幽霊とか。できれば西洋風で、もうちょっと大きめじゃないとそぐわない。

そんなものは出ないかとホテルの中を少し探検してみたが、何も――気配さえも見つからなかった。

夕食のために、香奈恵はしっかりドレスアップをした。昭光も精一杯気を遣う。何しろ慣れないフランス料理でもあるし。

でも、レストランには思ったよりも堅苦しい雰囲気はなかった。談笑が響く中を案内されながら、ちょっとほっとする。

だがメニューを開くと、やはりどんな料理だか見当もつかない。ワインのリストも聞いたことのない名前ばかりだ。

戸惑ってそっと周囲を見回すと、知った顔が見えた。昼間、説教されていたウェイターだ。ここの担当だったのか。

彼も昭光のことを思いだしたのか、さっと近寄ってくる。

「……おすすめのワインや料理って何かな?」

昭光の問いに、てきぱきと彼は答える。それに受け答えをしているだけで、注文ができてしまう。何だ。ちゃんとしているじゃないか。やっぱりぬいぐるみに説教されていたなんて、見間違えだったのかな。

やがてワインが運ばれてくる。

「流星の夜に」

グラスを合わせながら、ちょっと気取ってそんなことを言ってみる。

「星への願いに」

香奈恵も少しはにかみながら、そう答える。

食事はどれも素晴らしくおいしかった。ワインも進む。香奈恵はもう二杯目だ。いつもはグラス一杯くらいしか飲めないのに。

「流星は十一時くらいから降るんですって」

ほんのりと染まった頬をおさえながら、香奈恵は言う。

「一晩中見えるらしいけど、できたら、降り始める瞬間を見たいわ。友だちも、それを見たって言ってたから」

その時、海が光り輝いた。

「クルーザーからの花火よ。星を迎え入れる儀式なんですって。ロマンチックよね」

盛大な光が、海を染めていた。レストランにいる人、すべてが花火を見つめている。

香奈恵の瞳にも光がはじける。

昭光は花火よりも香奈恵を見つめたくて、少し身体の向きを変えた。その時、フォークに手が触れ、床へ落ちてしまう。一瞬身体をかがめたが、こういう場所って自分で拾わないのがマナーじゃなかったっけ？　そう躊躇したが、みんな花火に気を取られていて、さっきのウェイターも気づいていないようだった。まあ、いいか、自分で拾えば。

身をかがめてフォークに手を伸ばすと、自分が拾う前にぽすっと何かがフォークの上に落ち、それを思わずつかんでしまう。ぶたのひづめみたいな形。けど、先っちょは濃いピンク色の布。とても柔らかくて手触りがいい。

その布の手をたどると——昭光は小さな点目と目が合った。黒ビーズでできているとしか思えない目だ。

「申し訳ありません、お客さま」

突き出た鼻がもくもくと動いて、昼間聞いた声が確かに聞こえた。目の前の、小さなバレーボール大のピンクの塊から。

「すぐにお取り替えいたします」

ぬいぐるみだ。本物の。触ってるし。柔らかいし。でも、しゃべってる……。

「え、何を？」

「フォークです」

また、もくもく。昭光は、床に落ちたフォークとぬいぐるみの顔を見比べた。

「え、拾いにきたの？」

「はい」

何を普通に会話をしているのか。いや、声だけだったらほんと、普通の落ち着いた男性の声だもんで、ついつられて。

どうしよう、と思って、顔を上げるが、香奈恵を始めみんな花火に夢中で、こんなところでこんな奇妙なことが起きているなんて夢にも思っていないようだった。花火の破裂音は、かなりうるさいし。

「新しいフォークとお取り替えいたします」

「え、いや、いいです」

とっさに言ってしまったが、よくはない。取り替えてもらわないと食べられないではないか。何を言ってるんだろう。

その時、ようやくウェイターが気がついて、こっちに近寄ってきた。視線から見て、多分ぬいぐるみの方をうかがっている。少し焦ったような表情だ。昭光はほっとしたが、次の瞬間、掌《てのひら》から柔らかい感触がふっと消えるのを感じて、あわてて振り返る。

ぬいぐるみの姿はどこにもなかった。

「お客さま、申し訳ありません。新しいフォークをお持ちします」

ウェイターが座り込んで拾い上げようとした時、昭光はその手首をつかんだ。

「今、ぬいぐるみがいたよね？」

彼は昭光をじっと見つめ、即座に言った。

「いいえ。わたくしは何も見ませんでした」


花火が終わってから、手元に新しいフォークが届いていることに気づいた。

「ねえ、どうしたの？　全然食べてないけど」

デザートに舌鼓を打っていた香奈恵がいぶかしげにたずねる。

「え、いや、何でもないよ」

「まさか、もう眠いんじゃないでしょうね」

「そんなことないよ」

ぼんやりどころか、冴え冴えしていると言ってもいいくらいだ。なぜみんなあのぬいぐるみのことを隠そうとするのだろう。

いない、とはもう思わなかった。だって会話したし。フォーク取り替えてくると言ったんだから、ホテルのものに違いないのだ。

なのに、なぜ隠す？

「少しバーで飲む？」

デザートを食べ終わった香奈恵が言う。

「あ、うん。そうしようか」

そうだ、何のためにここに来たんだ。ぬいぐるみの謎を解明するためでも、ホテルの秘密を暴くためでもないのだ。香奈恵と流星を見る——そのためだけではないか。もう気にするのはやめて、香奈恵と楽しまなければ。

振り向いて少し手を上げかけると、緊張した表情のウェイターがさっとやってきた。

「チェックをお願いします」

「承知いたしました、長谷川《はせがわ》さま」

長谷川さま？　誰のこと？

何気なく香奈恵を見ると、何だか凍りついたような顔をしている。

「長谷川って……誰？」

昭光の名字は、横田《よこた》だ。ウェイターの顔がたちまち「ヤバい！」という表情に変わった。

「先に行くわ」

突然、香奈恵が立ち上がって、すたすたと歩き出す。昭光はあわてて伝票にサインをして、席を立った。

「あの……！」

切羽詰まったような声に振り向くと、ウェイターが泣きそうな顔をして頭を下げた。

昭光は何も言わず、レストランを出た。

ようやく二階の廊下で香奈恵に追いつく。

「今のは何だったんだ？」

「知らないわ」

「あのウェイターは僕のことを『長谷川』って言ってたけど……」

そういえば、この春辞めた長谷川という先輩がいたが――あの人、自分に似てはいなかったか。自分では別に何とも思わなかったが、社内の何人かに言われたことがあったのだ。

「誰かと勘違いしてるんじゃないの？」

「企画部の長谷川さんのことじゃないよね」

香奈恵はすごい勢いで振り返り、

「何言ってんの⁉」

と怒鳴るように言った。こんな形相《ぎょうそう》、初めて見た。こんな顔もできるんだ。

「信じらんない」

「社内でつきあってること内緒にしたのも、そういうこと？　長谷川さんとここに前来たことがあるのか？」

香奈恵はしばらく黙っていたが、やがてさっきと同じ顔で、

「あたしが誰とここに来ようといいじゃない！」

と言った。これってもしかして、逆ギレ？

「初めてって言ってたじゃないか」

「そんなこと、ひとことも言ってないわよ！」

「じゃあ、来たことあるわけだ」

「そうよ。悪い？」

ついに開き直った。道理で慣れた感じがしたわけだ。

「知らないふりして宿泊費を出させたってことなんだな。じゃあ、友だちがここに来て

幸せになったっていうのも嘘なのか？」

香奈恵はそれには答えず、足早に部屋に滑り込む。チェーンをかける音がした。

「おい、開けろよ」

ドアをノックしても、それに答える気配がない。何度呼んでも、ドアはびくともしない。他の客の手前、ずっと呼び続けるわけにもいかないし、フロントに頼んで開けさせて、また別の騒ぎになっても困るし……。

仕方がないので、バーへ行くことにする。とりあえず飲んで、ほとぼりを覚まそう。

何杯かひたすら飲んだところで、ふと自分がそれほど怒っていないことに気づいた。なぜだろう。何だか憑《つ》き物が落ちたような気分だった。香奈恵は確かにきれいだが、それは自分の飾りつけに長《た》けているだけだったのではないだろうか。ここに泊まりたがったことからもわかるがブランド好きだし、一分《ぶ》の隙もない服装はまるでファッション雑誌から抜け出たように個性がない。そつのない言動と完璧な笑顔にも、今となっては戦略が見え隠れする。つきあっていることは内緒にしてほしい、と言っていたのも、長谷川に知られないためというより、男の影自体を隠すためだったのかもしれない。長谷川も同じことを言われていたのではないだろうか。

少しの救いは、長谷川がけっこういい男だったという点だけだ。仕事もできたらしく、ヘッドハンティングで外資系の会社に引き抜かれて、今はサンフランシスコにいるとか何とか。

結局、外見が多少好みってだけで、あとは金が出せるかどうかか。昭光は大きくため息をついた。

「そろそろ流星が降り始めますよ」

バーテンが声をかけてくれる。

「ご覧にならないんですか?」

「別にいいよ。だって願いをかけたいことなんかないからね」

願いがあったのは、香奈恵だけ。本当に昭光とのことを願いたかったのなら、こうして閉め出すこともないだろう。携帯電話すら鳴らないし、つながらないんだから。

「流星群ってどこで見るのが一番いいのかな」

それでもちょっと気になって、訊いてみる。

「そうですね。やはり海岸でしょうか。ホテルの照明も控えますので、きれいにご覧になれると思いますよ」

外からかすかに歓声が聞こえてくる。

香奈恵は望みどおり、降り始めを見ているだろうか。

昭光は、結局バーが終わるまでずっとそこにいた。

とりあえずの心配は今晩どこで寝るか、ということだ。相変わらず携帯にも部屋の電話にも、香奈恵は出ないし。

とりあえず、海岸に出てみる。けっこう人がまだいた。流星だけでなく、夜光虫も光っているのだ。ゆらゆらと海の中でたゆたう様は、かなり幻想的である。こういう時でなかったら、感動もしただろうに。

夏なので、いざとなったら海岸で寝るという選択肢もあるが、カップルばかりのようだし、それはあまりにもみじめではなかろうか。

自分たちの部屋の灯《あか》りは消えていた。香奈恵は寝ているのか、暗いままこの流星群を眺めているのか。

「あ……！」

思わず声が出る。ホテルの玄関から、ぬいぐるみが出てくるのに気づいたのだ。

ぬいぐるみはそのままホテルの裏手へ回っていく。昭光はあわててあとを追った。今度こそ見失わないように。こうなったらぬいぐるみを追いかけるくらいはやらねば。

ぬいぐるみは、ホテルの裏に広がるうっそうとした森の中へ入っていく。おおっ。それっぽい。森に還《かえ》るのだ、きっと。

ぬいぐるみは、けものみちみたいなところをどんどん登っていく。いや、彼にとってはけものみちではなく普通の道だろうが、昭光にはしんどい。あとをつけていることが気づかれないように間をあけていると、見失いそうだし。波の音が、多少ごまかしになっているだろうか。

でこぼこの地面に足を取られながら、ようやく少しなだらかな山道に突き当たる。しばらく歩くと、ぽっかりと空が抜けている場所に出た。月の光が差し込んでいる。かすかな水の音が聞こえた。

立ち止まって周囲を見回す。ぬいぐるみがいない。確かに追いかけてきたはずなのに。

ふわりと目の前を光の粒が飛んだ。

「え……!?」

足下から、無数の光が立ち上ってくる。森からも、空からも。あっという間にほのかな光が、あたりに満ちた。

蛍だ。

昭光は空を見上げる。ふわふわと舞う光の間を、流星がいくつか駆け抜けた。

「申し訳ありませんでしたね」

聞き憶えのある声に振り向くと、蛍の光に照らされたぬいぐるみが立っていた。光の中から生まれたようだった。それにしてはなぜか、缶ビールを二つ抱えていたが。

「お飲みになりますか？」

そう言って、ぬいぐるみはビールを差し出した。自分の身体の半分くらいのビールを。

「あ、はい」

二本も持たせておくのが忍びなくて、昭光は素直に受け取ってしまう。缶は氷のように冷たく、濡れていた。その時、初めて自分の息がずいぶん切れているのに気づいた。

「いただきます」

昭光は躊躇するヒマもなく、缶をぐっとあおった。冷え具合も最高で、こんなにおいしいビールを飲んだのは久しぶりだった。

「うまいっ」

思わず口に出してしまう。

「お連れの方、お怒りになりましたか？」

ぬいぐるみはまだビールを持ったまま、そう言った。昭光はため息を一つついた。

「ああ……そうですね。怒ってたみたいです。何で怒るのか、僕にはわからないですけど」

怒るのは、自分じゃないかと思うのだ。

「うちの者の不用意なひとことで、ほんと申し訳ありません」

ぬいぐるみは、頭を下げた。というより、二つ折りになった。文字通り。

「いいんです。顔を上げてください」

ぬいぐるみ相手に何を言っているのだ、とつっこみながらも、こんな蛍と流星に囲まれてビール飲んでいればそりゃ、現実のこととはとても思えない。何となく自然に会話してしまうのも無理ないではないか。

「わかってよかったと思ってるんで」

「そうですか？」

ぬいぐるみの点目は、まだ心配そうだった。蛍より小さそうなのに、なぜそんな表情があるのだろう。

「でも、何となくしかわかってないんですけど。何か知ってるんですか？」

ぬいぐるみの点目と見つめ合い、さらに表情を見抜こうとしている自分が少し怖かった。

「知ってるんだったら、教えてもらえませんか？　香奈恵は去年、別の男とここに来たんじゃないんですか？」

ぬいぐるみはしばらく黙ったままだった。いや、それが普通だが。

「お願いします」

昭光の懇願《こんがん》に、彼はやがてため息をついて、こう言った。

「いえ、そうではありません」

「え、それじゃ――」

「長谷川さまといらしたのは、おととしです」

意外な答えに、昭光は反応できない。

「うちの者は、おととしの春から去年の春にかけて勤めていたのですが、家の都合でこの間まで休職をしていたのです。久しぶりの勤務とお顔を憶えていたお客さまを見て、慎重さの欠ける発言をしてしまいまして……本人も本当に反省しております」

「やっぱり長谷川さんと僕は似てたんだ」

「そうですね。お顔立ちが何となく」

「香奈恵はそれが初めてだったんですか？」

「いえ、もう五年ほど、毎年いらしていただいてます」

五年!? 立派な常連ではないか。「また来年連れてきてあげる」だなんて、恥ずかしいこと言ったなあ。

「……もしかして、毎年違う男と？」

「去年だけは、女性の方とでしたが」

昭光は、香奈恵の言葉を思い出した。

——あたしの知り合い、霊感のある人って多いの。何か変なもの見たとか——

「その女の人と面識あるんじゃないですか？」

「ええ。この間おハガキをいただきました。ご結婚されたそうで」

ホテルに泊まって幸せになった友だちは実在したか。

「もしかして、長谷川さんとも？」

「はい。先日メールをいただきました。今は外国にいらっしゃるそうですね」

それ以上は訊かなかったが――もしかして香奈恵と一緒にここへ来た人とこのぬいぐるみは、すべて面識があるのではないだろうか。そして、その者たちはもしかして――香奈恵が言っていたように、幸福になれた?

……いや、それはもちろん昭光の推測でしかないけれども。たかが結婚、たかが転職であるわけだし。

「香奈恵とは面識はないんですね」

「そうですね」

ある意味、それもすごいと思ったりする。連れは見ているのに、なぜ彼女だけ?

「私は基本的には目立たないようにしていなくてはいけない仕事ですので。でも、年にほんの数人、お客さまのような目ざとい方に見つけられてしまいます」

昭光はまたビールを一口飲む。別の意味で、こんなおいしいビール、初めて飲んだ。

「あ……どうしてここにビールなんて用意してたんですか?」

「いや、本当はついてきているとばかり――」

ぬいぐるみが言いかけた時、森の中からあのウェイターが姿を現した。

「ぶたぶたさん! あっ!」

昭光の姿を見て、彼はバネ仕掛けのように頭を下げた。いやそれよりも——このぬいぐるみは、ぶたぶたという名前なのか!?　何てそのまんまの名前なんだろうか!

「申し訳ありません!」

「いいんだよ、もう。ぶたぶたさんから話は聞いたから」

普通に口にしてしまってから、ふと気づく。

「名字って何なんです?」

「山崎です。山崎ぶたぶた。ぶたぶたとお呼びください」

鼻先をもくもくさせて、彼は言った。そして、器用にプルトップを開けて、ビールを差し出す。ウェイターは恐縮して受け取った。

「一つ質問していいですか?」

「はい、どうぞ」

「何で彼に、『後ずさりしちゃだめ』って言ってたんですか?」

ぶたぶたは一瞬きょとんとした顔をしたが、やがてにっこり笑って、こう言った。

「いつ後ろをお客様がお通りするかわからないので、ホテルマンは絶対に後ずさりをしてはいけないんですよ」

それから、三人でビール二本を分け合って、蛍と流星をしばらく楽しんだ。

あまりにきれいだったので、ホテルに帰って香奈恵にドア越しに話しかける。

「蛍がたくさんいるところ、見つけたよ。見に行こうよ」

決してぶたぶたに「たまには蛍を見せてあげたら」と言われたからではないのだが。

しばらくの沈黙ののち、香奈恵はぶすっとしたまま部屋から出てきた。山道に文句を言いながらもついてきて、蛍の群棲に言葉を失う。ぶたぶたがビールを冷やしていた湧き水を飲むと、香奈恵は少し笑った。

朝からの霧が晴れないまま、チェックアウトの時刻になった。

「いろいろご迷惑をおかけして、申し訳ありませんでした。またのお越しをお待ちしております」

昨日と同じフロント係が眉毛を八の字にして、そう言う。香奈恵は、眠そうな顔でロビーのソファーに座っていた。

「あの、山崎さんによろしくお伝えください」

フロント係はかすかに首を傾げる。

「これからも、お客さんに見つからないように、と」

昭光の言葉にフロント係は笑顔を浮かべた。

「従業員教育も徹底いたしますよう、山崎に伝えておきます」

そう言うと、ホテルマンのお手本のように、きっちりと頭を下げた。

外へ出ると、香奈恵はさっさと自分で車に乗り込む。

「霧が深いわねえ。運転、大丈夫?」

香奈恵はもうけろりとしていた。昨日のことはなかったことになっているらしい。彼女は多分、来年もここに来るだろう。幸せになるため、流星に願いをかけに。

昭光も、その願いが早く叶《かな》うといいと思う。ちょっと変わった女だが、彼女にだって、決してチャンスがないわけじゃないのだ。

「ほら、見てごらん。ホテルの人が見送ってくれてるよ」

車がゆっくりと動き始めた時、昭光は言う。だが香奈恵が振り返るタイミングはちょっとだけ遅かった。手を振るぶたぶたの姿は、深い霧の中に溶けるように消えてしまっていた。

不機嫌なデズデモーナ～秋の物語

母親の誕生日には、いつも花を贈っていた。それはそれで喜ぶのだが、今年は一緒に住み始めたこともあるので、何か別のことをしたい、と有働賢《うどうけん》は考えていた。

そこで思いついたのが、地元の高級ホテルでの夕食とエステのサービスだ。名ホテルと名高いグランドホテルは、都心のホテルのようなパック料金でのサービスは行っていないが、専属の美容サロンでは昔から——エステ、という言葉が流行《はや》る前から、肌や髪、全身のケアを重視し、総合的に、そして贅沢に手入れを行うサービスを実施していた。そのためだけに外国から来る客もあとをたたないと言うくらいだ。

会社の女子社員たちからそれを聞いて、すぐに有働はホテルに連絡してみた。普通、予約がスムーズにとれない、ましてや週末では絶望的、という噂だったが、たまたまキャンセルがあり、誕生日の当日土曜日の午後に予約を入れることができた。夕食はそのあと——和食の懐石だ。

母にそれを申し入れると、ことのほか喜んだ。やはりこういうことは、いくつになってもうれしいらしい。自分も四十過ぎて母にこんなプレゼントをするとは思わなかったが、せっかく一緒に住んでいるのに、時間が合わなくてろくに話せないこともあり、せめてもの親孝行と思ってだった。

そして、当日——車でホテルに向かう。思ったよりも道がすいていて、美容サロンの予約時間より三十分以上も前に着いてしまった。ラウンジで紅茶を飲んで、時間を少しつぶすことにする。

運ばれてきた香り高い紅茶を楽しんでいる時、突然携帯電話の着信音が鳴り響いた。あわてて有働はケータイを取り出すが、着信はない。というか、マナーモードになっていた。それに、音自体も違っていたけど。

ばつが悪そうに、母がバッグからケータイを取り出した。

「ごめん、あたしのだった」

「え、ケータイ持ってたんだ」

「うん、二年前から」

知らなかった。有働がすすめても、「別に必要ないから」と言っていたのに。

「そんなにかかってくることないの。出かけた時の公衆電話代わりとメール用」

それもまた意外だった。メールなんて使う用事あるんだろうか。

「メール？」

「メル友でもいるの？」

冗談めかして訊いてみると、しばらく迷った末に答えた。

「実は、つぐみと——メールのやりとりしてて。今のもつぐみから」

それはさらに意外だった。つぐみとなんて、何年まともにしゃべっていないだろう。

つぐみとは、高校二年生になる有働の娘の名前だ。彼女が小学三年生の時に離婚して、一緒には住んでいない。それに、今はもう母親の元の姓、篠原《しのはら》に変わっている。

もう十年近くになるのか——つまり、単身赴任もそれ以上だったということだ。二十五歳の時に同い年の寛子《ひろこ》と結婚して、その二年後につぐみが生まれて、彼女が小学校に入学したと同時に転勤の話が出て——家を買ったばかりだったので、そのまま単身赴任。その結果すれ違いが生まれ、三年後に離婚を余儀なくされた。

今秋、ようやく本社に戻ることができたが、会社近くに部屋を借りて住むのと、実家へ帰るのとで迷った。実家に住んでも通勤時間はそれほど変わらないが、つぐみと寛子に与えた家と近いのだ。ばったり出会って気まずい思いをするのはどうかと思ったが、年老いた母親を一人で住まわせるのも心配だった。父親が二年前に亡くなり、少し気弱にもなっているので、結局有働は実家に帰った。今のところ、寛子たちとばったり出会うこともない。こっちは朝早くて夜遅いから、時間帯がまったく違うのだろう。

「ずっとつぐみと連絡とってたの？」

寛子の実家が遠方にあることもあり、離婚後も母と亡き父がつぐみの面倒をたびたび見ていたのだ。でもそれも中学に上がるまでで、それ以降は敬老の日などに花が届いたり、年賀状のやりとりだけで、行き来はない、とこぼしていたが——。

「二年前、お葬式のあと、お父さんにお線香あげに一人で来てくれてね」

二年前、父の通夜に来てくれた母子とひとことふたこと言葉を交わしたのが、有働の記憶の中の最後のつぐみだ。

「その時、携帯電話でメールをしないかって誘われたの。すぐに二人で買いに行って、教えてもらって、それからほとんど毎日メールしてるのよ」

一人になった祖母を気遣ってくれる優しい娘に育っていることに、有働は喜んだが、思いは複雑だった。父親である自分へは何の接触もない。それは少しばかり淋しいことだったが、家庭を顧みなかった報いだと思えば仕方ないのかもしれない。

「どんなこと話してるの？」

「他愛のないことよ。学校のこと、お友だちのこと、お母さんのこととか。愚痴みたいなのもあるし、反対に励ましてくれる時もあるわ。今日のは、もちろん『お誕生日おめでとう』って」

「最近は、何してる？」

「うーん……」

母は、携帯電話を開き、メールを読み返す。

「お芝居に興味を持ってるって言ってる」

「芝居？　見に行ったりしてるの？」

「ＤＶＤとかビデオはよく見てるみたいよ」

「自分でも演じたり？」

「それはないけど、興味はあるみたい」

あの引っ込み思案だったつぐみが？

「毎年、桜祭りってやるでしょ？」

「うん」

「その時、必ずこのホテルでお芝居をやるじゃない？」

「ああ、憶えてる。行ったことないけど」

「今年は、一般の人も参加できるんですって。そのオーディションに申し込んで、友だちと一緒に一次に受かったって言ってる」

ずいぶん積極的になったものだ。自分が知らない間に、成長している。高校生だし、母子二人だけで暮らしているのだから、しっかりもするだろう。

「あ、今のは内緒よ。誰かに言ったなんてバレたら、つぐみに絶交されちゃう」

「わかってるよ」

つぐみは、どんな少女になっているだろう。二年前はまだ幼さばかりが目立ったが、女の子というのは急に変わると言うし――。

会いたいな。

ここ何年か押し殺していた気持ちが、ほっこりと顔を出してきた。

そのあと、母は美容サロンに向かい、有働は約二時間ほど、時間をつぶさなくてはならなくなった。ゆっくりお茶を飲んでも、そんなに時間は進まない。初めて来たホテルでもあるし、中や外の海岸、裏の森を散歩でもするか。

フロントの前を通りかかって、ふと思う。つぐみが申し込んで受かったオーディション というのは、自分のようなおじさんでも申し込みは可能なんだろうか。〝一般の人〟というのは、男性も入っているということだよな。

そういう場でつぐみに会ったりしたら、きっと驚くだろうな——そんないたずら心が芽生える。

だが、フロントの周辺にそのような告知が載ったチラシやポスターの類は一切なかった。確かにそういうものが貼ってあったら、この雰囲気は壊れる。仕方なく、胸に〝飯塚〟という名札をつけているフロントの人に話しかけてみた。

「あの……桜祭りのお芝居のことをお訊きしたいんですが」

「はい。どのようなことでしょうか？」

「オーディションっていうのは、まだ募集しているんですか？」

そういえば、何の芝居かもわかっていなかったな。まあいいや。

「いえ……もう募集期間は終了してしまったのですが……でも、ちょっとお待ちください。お客さまは、オーディションをご希望の方でしょうか？」

「あ、はい……興味はあるんですが」

興味がないとは言えないので、嘘は言っていないよな。

「さようですか。ということは、オセロー役をご希望、ということでしょうか？」

『オセロー』か。シェイクスピア劇――一応英文科だったので、大学の授業の際、原語でやらされた記憶がある。オセロー役じゃなくて、端役《はやく》の兵士かなんかだったが。

「そうですね」

「あ、では――お時間はございますか？　少々お待ちいただきたいのですが」

「ええ、大丈夫です」

母が戻ってくるまで、一時間半もある。

飯塚はフロント奥に入り、しばらくして戻ってきた。

「お芝居の責任者がお会いしたいそうです。ご案内いたしますので、どうぞこちらへ」

「え、そんな」

何だか大げさではないか。募集が終わっているのなら、それでいいのだが。

とはいえヒマなので、案内されるまま飯塚についていくと、ホテルのプライベートルームに入っていく。おお、何だか得した気分。こんな裏側、めったに見られない。しかしこのホテルは、表も裏も同じように重厚な雰囲気なんだな。建物は古いけれども、現代的に使いやすくアレンジしている。

ところが、案内された応接室で、年代ものらしきソファーに座って一人で待っていると、三分とたたずに異変が起きた。ノックの音が響き、それと同時にピンク色のバレーボール大の塊《かたまり》が転がるように部屋へ入ってきたのだ。

そして、それが有働の真ん前に立つ。ぶたのぬいぐるみだった。ビーズの点目、そっくり返った右耳。

「お待たせいたしました。『オセロー』責任者の山崎ぶたぶたと申します。当ホテルのバトラーをしております」

突き出た鼻をもくもくと動かし、ぺこりと身体を折り曲げた。

「え？」

誰かに助けを求めようとしても、ここには自分一人だけだ。え、幻？　俺は何を見ているの？

「オセロー役のオーディションをご希望されているとお聞きしました」

「え、あの……はあ、まあ」

どうリアクションしていいものかわからず、つい普通の返事をしてしまう。が、そのあとのセリフがまた、有働を驚愕《きようがく》させる。

「一次選考の募集は確かに終わっているのですが、最終選考にいらしていただけるなら、ぜひお願いいたします」

「え、でも、経験ないんですよ」

あの英語劇は経験のうちには入らないだろう。

「プロの方にきちんとご指導いただけますので、安心してください」

いや、そういう問題じゃなくて……オーディションなんでしょ？　いいのかなあ……。

「こちらが資料になっております。日程なども書かれておりますので——ご都合の方は、いかがですか？」

そう言われて資料に目を通す。日程に別に問題はなかった。平日だが夜だし、仕事が終わってから来ることはできるが……。

「大丈夫だと思います、けど……あなたは本当に責任者なんですか？」

つい訊いてしまった。

「そうです。お問い合わせは私か井伊という者にお願いいたします」

点目なのにとてもにこやかにぬいぐるみは答える。升伊――って人もぬいぐるみ？

「責任者って、何をしてるんですか？　お芝居に出たりもするんですか？」

だんだんぶしつけなことを訊きたくなってきた。

「はい」

「え、何の役ですか⁉」

「イアーゴーを演らせていただきます」

……本気か。自分が兵士1だったというのに、ぬいぐるみがイアーゴー。そんな……そんな。

「どうかご検討くださいね。あっ、お茶もお出しせずに申し訳ありません！　お時間おありでしたら、ごゆっくりしていってください。それでは、失礼いたします」

ぬいぐるみはにこやかにそう言って、去っていった。

呆然としたまま、どのくらい時間がたったろう。はっと気づくと、もう母が帰ってくる予定時刻の三十分前だった。そんなにぼんやりしていたか？　夢でも見ていたのかな。でも、資料は手元に残っていた。テーブルの上には冷めたコーヒーが置かれている。

あれがイアーゴーなら、俺だってオセローくらいできるさ。そんな思いが湧き上がる。

いや、本当はぬいぐるみじゃなかったりして——自分はいったい何を見たんだろう。

確かめたい気持ちも、ふつふつと生まれてくるのを、有働は感じていた。

篠原つぐみは、グランドホテルの前で友だちの未来《みく》を待っていた。

「部活が延びた！　先に行ってて！」

そんなメールが来てからもこれ以上待つと間に合わないという時間までは待ったのだが、一向に未来は現れない。仕方なくバスでここまで来て、玄関先で待つことにした。

相変わらず電話もメールも来ない。

『もう……未来が誘ったから、来たのに……』

芝居好きな母親のビデオコレクションを見て育った未来は、市報紙で今回のオーディションを知った時、狂喜した。

「つぐみ！　朱雀雅の芝居に出られるんだよ！」

朱雀雅と言われてもつぐみにはピンと来なかったが、

「去年、夏休みのワークショップに出たでしょ！」

「ああ、あのベートーベンみたいなおじさん」

去年、念願のワークショップに参加できることになった未来につぐみは誘われたのだが、最初は断った。タダではないし、そんなお金を母に頼むのはとても気が引けるし、出してもらうのも悪いし——と思っていたら、未来はさっそく根回しをし、

「うちのママが急に行けなくなったから、ぜひつぐみちゃんに来てほしいんです！」

とつぐみの母に頼みこみ、「それなら」とOKが出たのだ。とはいえ、一週間の予定のうち、つぐみが出たのは二日だけ。ひどい風邪をひいて、ワークショップが終わるまで寝込んでしまったのだ。最初はつぐみと一緒でないと不安だと言っていた未来だったが、がんばって一人で最後まで参加した。

以来、舞台に立つのが夢となった未来だったが、今年はワークショップがなかった。がっくりしていたのだが、そのかわりにオーディションがあると聞き、俄然《がぜん》はりきったわけだ。

「デズデモーナ役なんだよ！」

そう言われても、つぐみにはピンと来ない。今日までには一応『オセロー』は読んできたけど……何だか気の毒、という印象しか抱《いだ》けないなあ。あとは、とにかく言いにくい名前だということ。

「ヒロインだよ！　がんばらなくちゃ」

　未来の気合いは相当なものだが、やっぱりつぐみがいないと不安だと言う。ワークショップも一人で大丈夫だったし、自信をつけたのではないのか。そんなビビリで、舞台になんか立てるんだろうか。

　ホテルの前にバスが着いた。未来が駆け下りてくる。

「ごめん、遅くなって！」

「大丈夫だよ、まだ間に合うから」

「でも、早く行かなくちゃ！」

　未来は、そのままホテルに駆け込んだ。つぐみも急いで追いかける。そんなにあわてるなら、部活を休めばいいのだが、彼女は演劇部に入っていて、学校祭の発表会もある。当然そっちも休みたくない。今回のこの公演には、ホテル近くにある県立高校が協力しているらしいが、その高校は演劇コンクールなどで優勝経験もある有名校だという。未来は中高の一貫校である今の私立を辞めて、そっちに行こうとさえ思ったのだが、両親の猛反対により、それはあきらめた。なので、どうしてもこのオーディションは受けたいのだ。

だが、ホテルの中に入って、さすがの未来も足を止めた。その重厚で静謐《せいひつ》な雰囲気の中、どたどた走るのははばかられる、と思ったようだ。

「お客さま」

突然声をかけられて、つぐみと未来は弾《はじ》かれたように振り向く。

「オーディションへのご参加の方ですか？」

「は、はい、そうです」

「では、一階奥になります」

上品な中年男性——いわゆるコンシェルジュが懇切丁寧に行き方を教えてくれる。

「時間は充分ございますから、お急ぎにならなくても大丈夫ですよ」

「は、はい」

そうは言われても、未来の焦りは止まらない。

「時間あるなら、トイレ行ってくる。つぐみは？」

「あたし別に平気だから、ここで待ってるよ」

トイレも見てみたいけど、もう少しロビーを観察してみたい。

未来がトイレに駆け込むのを見届けて、つぐみはロビーを見渡す。そんなに広くはないが、何だか落ち着ける空間だった。ホテルなんて、旅行以外で入ったことも泊まったこともないが、こんなところは見たことがなかった。有名なホテルだとは知っていたが、とても一人では入れないし、今まであまり興味もなかった。

夕方なので、人が多い。身なりのよい紳士や大人の装いの女性、ラフな格好の外国人――かわいいので気に入っている制服のミニスカートも、ここでは何だか場違いで、ちょっと恥ずかしいくらいだった。

やっぱりトイレに入ろうかな――と思ってあとずさりをすると、ぐにゅ、と何かを踏んだような気がした。

「えっ⁉」

振り向くと、そこにはぬいぐるみがうつぶせに倒れていた。背中に、靴のあとがついている。多分、つぐみのローファーのだろう。

「うわー、ごめんねー」

たとえぬいぐるみだろうと踏んでしまったのは申し訳ない。つぐみはあわてて拾い上げると、背中をぱんぱん思い切り叩いた。靴のあとがだいたい取れたところで、とりあえず近くのソファーの上に置いておく。桜色のぶたのぬいぐるみだった。バレーボールくらいの大きさ、ビーズの点目、突き出た鼻、右側がそっくり返った耳。しっぽは縛ってあった。ちょっと古ぼけているが、とてもかわいいぬいぐるみだ。誰か子供の忘れ物だろうから、こうしておけばわかるだろう。

「つぐみ、お待たせ」

未来がトイレから出てきたので、オーディション会場へ急ぐ。二人の背後で、ぬいぐるみが腰(?)をおさえて立ち上がるのには気づかぬまま。


有働は、仕事を早めに切り上げて、グランドホテルへやってきた。

やめようか、とも思ったが、結局来てしまった。好奇心といたずら心と――つぐみをひと目でも見かけたら帰ろう、という気分でやってきたのだ。

だが、ずっと疑問に思っていた。どうして募集が終わっていたのに、自分は最終だというこのオーディションに出られることになったのか。

来てみて初めてわかった。すごく人数が少ないのだ。さっき、デズデモーナ役候補たちの控え室の前を通ってみたのだが、そこはわいわいにぎわっていた。二十人はいただろうか。オセロー役候補の控え室には、たったの五人だ。そのうち三人はだいぶご高齢の方たち。あと一人は大学生くらいのハンサムな青年だ。多分、彼がオセローに選ばれるのだろうな、と思いつつ、椅子に座って、時間が来るのを待つ。

もう一度デズデモーナ役候補の控え室の方に行ってみようか、と思ったが、他にもたくさん女性がいたし、そんなところをうろうろするのも怪しいし——いざとなると全然ダメだ。のぞいた時、つぐみはいたんだろうか。こっちに気づいた……なんてことはないか。

「お待たせいたしました。ご案内いたします」

ホテルの従業員らしき男性が控え室に入ってきた。ご案内、と言っても、隣の部屋へ行くだけなのだが、何だか妙に緊張する。

何も置いていない会議室の真ん中に、長机が置かれており、そこに三人の男性と一人の女性が座っていた。人数の割合、ほとんど変わらない。だが、その中でいやがおうにも目立つのは、真ん中のベートーベンのような髪型をした男性だ。さっとこっちに振り向くと、その目の力に一瞬にして圧倒される。

「おお、オセロー候補さんたちがやってきましたな。私は朱雀雅と申します。こちらは金村《かねむら》さん。こちらは万里《ばんり》さん。こちらの女性は杉山さん」

もう芝居が始まっているかのような声で、他の人たちを紹介する。こんな声、とても出そうにない。芝居なんてやっぱり無理だ。……というか、受かろうとかまったく思っていないのだ。ここに偶然来て、偶然つぐみと会う、というシチュエーションを夢想していたにすぎない。帰りにもう一度チャンスがある。その時まで、少し我慢をしないと。

まずは自己紹介。氏名や年齢と意気込みなどを述べなくてはならないが、他の四人と自分の温度が全然違うことに気づいて、有働は何だか申し訳なく思う。みんな本当にオセローがやりたいんだな、と思うと、消えてしまいたくなってきた。

「有働賢です。年齢は四十四歳です。まったくの未経験ですので……自信ありません」

そう言った瞬間、みんなに、特にご高齢の方々にギロッとにらまれた気がした。「やる気ないなら来るな」という視線であることは確かだった。

そのあと、簡単なセリフを渡され、その場ですぐに演じることになった。ご高齢の方々は声を張り上げ読み上げる。力が入ってるなあ。青年は割と淡々と、とても自然な演技のように見えた。そして自分は——自分のはまったくわからない。経験もないし、どうやればいいのかも。とりあえず、セリフの背景を想像して、それっぽく読んでみたが……どうだろうか。いや、別にうまくできてなくてもいいのだが。

オーディションはそれだけで終わった。四人は顔を突き合わせてしばらく話し合っていたが、やがて朱雀が立ち上がる。

「決まりました。オセロー役は、有働さん、あなたです」

「……は？」

出てきたのは実にマヌケな驚きの声だった。

「それから、富永《とみなが》さん、あなたにはキャシオーを演っていただきたい」

「ありがとうございます」

名前を呼ばれた青年は落ち着いた様子で、頭を下げた。有働もあわてて合わせる。

「それでは、私はこれからデズデモーナのオーディションの準備がありますので、失礼します。みんな、あとはよろしくね！」

朱雀はあっさりとそう言うと、杉山を連れて部屋を急ぎ足で出ていった。

「すみません、ご足労おかけしまして……。ありがとうございました。あとの方はお引き取りください」

万里がそう言うと、ご高齢の方々が不満そうな顔で部屋を出ていった。

「おめでとうございます」

青年――富永が声をかけてくれた。

「いや、そんな……」

「助かりましたよー」

金村が思いがけないことを言う。

「え？」

「オセローを演じられるような壮年の方がオーディションにいらっしゃらなくて……困ってたんです」

「いや、でも……私、本当に経験なくて……セリフだって、棒読みだったでしょう？」

「そんなことありませんでしたよ。力が抜けていて、自然な感じでした。朱雀先生も、いくら年齢が合っていても、あまりにも無理な人を選んだりはしませんよ。大丈夫です」

万里が言う。力が抜けていてよかったって。受かろうと思っていなかったのが、裏目に出てしまったということか。

「お疲れさまでしたー。お茶、お持ちしました」

「あ、どうもありがとうございますー」

富永がぱっと立ち上がって、向かった先には——桜色のぶたのぬいぐるみがちょこちょこと歩いていた。頭の上のトレイに紅茶のポットとカップを載せて。

「持ちますよ」

「ありがとうございます。でも、これが仕事ですから」

ぬいぐるみは、朱雀が座っていた椅子に器用に飛び乗り、長テーブルの上にカップなどを並べ始めた。

「あ、いつぞやはありがとうございました」

ぬいぐるみが有働に気づく。

「オセロー役に選ばれたのですね。おめでとうございます」

「おや、ぶたぶたさん、お知り合いでしたか？」

万里が言う。

「受付をしたのが、私だったものですから。あ、紅茶よりもコーヒーの方がよろしいですか？　それとも冷たいものの方が？」

その質問が、自分に向けられていると有働が気づくまで、少し時間がかかった。

「いえ……温かい紅茶でいいです」

「ミルクですか？　レモンですか？」

「……何も入れなくていいです」

「一度会ってても、やっぱりびっくりしますよね。ほんとかな、と思いますし」

金村が言う。

「あ、あ、その……」

じゃ、自分は幻を見ていたわけではなかったんだ。みんな、ぬいぐるみだと思ってるんだ。

「最初は誰でもそうなんですよ」

「ということは……あの、ぶたぶた、さんは……イアーゴーということになるんですか？」

急に思い出した。

「そうですよ。よろしくお願いしますね」

ぶたぶたが、右手を差し出す。ためらったのち、その柔らかそうな手を握ってみる。思ったとおり、ぱふっとした手触りだったが、じんわりと温かい。紅茶のポットを持っていたせいかもしれないが、ほっとした気分になるのを感じた。

そのあと話してわかったことだが――金村は市内の私立大学演劇科の助教授、万里はホテル近くの県立高校演劇部の顧問で、富永はその二人の教え子に当たるのだそうだ。オセローのオーディションのふたを開けてみたら、お年寄り三人の応募しかなく、そのため富永も急遽《きゅうきょ》オーディションに参加したという。だが、彼は実はもうキャシオー役のオーディションに参加していて、決まっていたそうなのだ。しかし彼にしてもオセロー役は若すぎる。可憐で聡明、というデズデモーナ役とのバランスもあるので、年相応の落ち着きのある人を求めていたところに有働がのこのことやってきた――ということらしい。

「『ロミオとジュリエット』だったら、富永くんのこのすっきりした顔はぴったりなんですけどね。やっぱりオセローじゃありませんよ」

金村が笑いながら言う。

「はあ……」

でも、イアーゴーはぬいぐるみなんだから、ロミオみたいなオセローでもいいような――と有働は思う。

「あ、これ、渡しておきますね」

万里がぶ厚いシナリオを差し出した。どうしよう。これを受け取ったら、引き受けたことになるよね？　でも、本当に自信ないのだ。こんなどさくさで役を与えられても困るけど——来てしまった自分にも責任はある。

「ふざけて来ただけなんです。ごめんなさい」

といい歳《とし》をして言う勇気はなかった。

ええい、やけくそだっ。ついに有働は、シナリオを受け取ってしまう。う……こんなにセリフ、憶えられるかなあ。仕事とどう折り合いをつけよう……。

「まだ本番までだいぶ時間ありますから。焦らないで行きましょうね」

万里が励ますように言う。

「オセローはイアーゴーに比べるとセリフ少ないですから」

「えっ、そうなんですか？」

金村の言葉に有働は驚く。そうだったっけか。自分の役ではなかったし、もう二十年以上前のことだから、すっかり忘れていた。主人公だから、当然誰よりもセリフが多いと思いこんでいた。

「朱雀先生の脚色で、さらにイアーゴーが前面に出るようになりましたからね、ぶたぶたさん」

「富永さん……プレッシャーかけないでくださいよ」

ぶたぶたがため息をついている。ため息……どこから出るのかわからないが。

「そろそろ行かないと、金村先生」

「あ、そうですね。じゃ、デズデモーナのオーディションに行ってきます。終わったら連れてきますので、有働さん、時間ありましたら残っていてください」

「はい……」

金村と万里があわただしく紅茶を飲み干し、部屋を出ていった。

残されたのは、有働と富永、ぶたぶたの三人。何を話したらいいのだ。もじもじしていると、ぶたぶたが言う。

「紅茶のおかわりはいかがですか？」

「あ、はい。いただきます」

素直な青年らしい富永が真っ先に答える。

「有働さんは？」

「じゃあ、お願いします」

喉がまだ渇いていた。多分、様々なショックのせいだ。

「では、茶葉を取り替えてきますので、お待ちください」

ぶたぶたは、手早くカップやポットを片づけて、トレイに載せ、一つも落とさず、床の上に飛び降りた。

「どうぞお楽にしていてください」

ああー……さっきまでびっくりしていたのに、今はついていきたいとさえ思う……。

二人で残されても、何をしゃべればいいのだ？


控え室の空気に耐えかねて、つぐみは廊下に出た。

みんな緊張してる……。未来も例外ではない。十二人集まったデズデモーナ候補者は六人ずつに分けられたのだが、つぐみと未来は別々になってしまったのだ。でも、「一緒にしてください」なんて小学生みたいな要求を言える勇気もなく、未来は泣きそうな顔でさっきオーディション会場に入っていった。

彼女の付き添いみたいなものなんだから、もう自分はオーディションに出なくてもいいかな、と思う。でも、一人で帰るのも淋しいから、未来を待つつもりではあるが……

このまま、隠れてようかな。どこかにいい隠れ場所はないか？

さっき受付で使われていたテーブルクロスに覆われた長テーブルが壁に寄せてあった。あの下にでも隠れていようか。外からは見えないし。

もそもそとテーブルの下に入って、しばらくじっとしていたが、どうも静かすぎるのがかえって気になる。外はどうなっているのだろう。どうなってるも何も、静かなんだから何も起こっていないんだろうけど。

クロスのすきまから外をのぞいた時、かちゃかちゃ、と食器が触れあうような音が聞こえた。誰かが通るのかな、と思ってじっと見ていると――トレイにポットとカップを載せたぶたのぬいぐるみが通りかかった。頭の上のトレイの重さに、顔が半分つぶれている。けど、あれ――さっき踏んづけたぬいぐるみだ！　何で動いてるの⁉

「……嘘」

思わず声が出た。と同時にぬいぐるみが立ち止まる。きょろきょろと周囲を見回している。そして――ゆっくりとつぐみの方を向く。隠れる余裕はなかった。目が離せなかったからだ。

ばっちり目が合ってしまって、つぐみはどうしようかと焦る。オーディションのことを考えても全然緊張しないが、今は汗びっしょりだ。

ぬいぐるみが、トコトコとこちらにやってきた。茶運び人形みたい、と思って、笑いの発作が起きそうになるが、かろうじてこらえる。

ぬいぐるみは、テーブルの横にあった椅子の上に、トレイを載せた。そして、

「何なさってるんですか?」

おじさんの声が聞こえた。ぬいぐるみの突き出た鼻がもくもく動いて。

「あ、あの……」

どうしよう。何て言おう。それとも、まともに相手にしない方がいいのか。これは、幻かもしれない。いつの間にかテーブルの下で眠ってしまって、夢を見ているのかも。

「ちょっと……隠れてて」

結局正直に言ってみた。しかし、その答えにぬいぐるみは首を傾げた。

「誰かに追われているのですか?」

大真面目にそう言われて、つぐみはついにこらえきれなくなり、声を殺して笑い出した。

「ご、ごめんなさい、追われてるんじゃなくて……」

言葉が続かない。笑いは止まらない。

「もしかして、オーディションにいらした方ですか？」

ぬいぐるみの質問に、つぐみはうなずく。声も出ないまま。

「え、それで隠れてって……？」

ますますわからない、というように、点目の上に八の字のしわが浮かんだ。それがまたおかしくて、つぐみは床のじゅうたんの上を転げ回りたくなる。さぞかし上等だろうから、それはそれで気持ちよさそうだ。

「まあ、とにかくお立ちください」

つぐみは、言われるまま立ち上がった。

「控え室はそこですよ。大丈夫ですか？」

「だ、大丈夫……」

「一人で歩けますか？」

「へ、平気……」

こんな小さなぬいぐるみに介抱されてるみたい、あたし——そう考えると、また笑いがこみあげる。

「緊張からの笑いでしょうかね」

違う、と否定したくても、また声が出ない。

「落ち着いてください。自信を持って」

自信なんか、あるわけない。というより、持つ必要もわからない。

「あなた、デズデモーナの雰囲気あると思いますよ」

「まだ……十七だよ」

やっとそれだけ声が出た。

「その笑顔がいいと思うんですけど。素人だから、わかりませんが」

笑顔がいいだなんて、初めて言われた。いつもけっこうぶすっとしてるから、母親に注意されてばかりだ。

「オーディション、がんばってくださいね」

そう言うとぬいぐるみは、椅子の上のトレイをまた持って、会釈をすると、トコトコと廊下を歩いていった。

その後ろ姿を見送っていたら、発作がおさまってきた。

「そろそろご案内いたしますよ。よろしいですか？」

後ろから別のおじさんの声がした。振り向くと、さっき未来たちをオーディション会場に連れていった人だった。もう終わったの？　ていうか、どのくらい時間がたったんだろう。控え室の中から残りの五人も出てきた。辞退するなら今だ。でも……どうせ受かりっこないから、やるだけやってみよう、という気になってきた。せっかく隠れていたのに、見つけられちゃったしな。落ちたら、あのぬいぐるみのせいだ。

また笑いの発作が起きそうだったが、それならそれでいい。笑顔がいいって言ってたじゃない、あのぬいぐるみが。

朱雀たちが戻ってくる頃には、有働はすっかりぶたぶたと富永とうちとけていた。年代としては、ぶたぶたと自分はだいたい同じくらいだというのがわかった（それも何だか変だが、もうあまり考えないことにした）。富永は二十一と若いが、変にかまえたところがないし、何にでも好奇心を抱くので、話も弾む。これからの大変さをつかの間忘れて、有働は話し込んでいた。

だが、そのなごやかな雰囲気も、朱雀の渋い顔を見たとたんに消し飛ぶ。

「どうなさったんですか、先生？」

ぶたぶたの言葉に朱雀は「ううーむ」となって、椅子にどさっと座り込む。

「デズデモーナ、決まらなかったんですか?」

富永の質問には、金村が答える。

「いや、決まったよ。決まったんだけどね……」

語尾を濁す。ぶたぶたが首を傾げる。

「ここにはいらっしゃらないんですか?」

「今日は帰るそうなので、ひきとめはしませんでした。もう遅いですし」

杉山が言う。他の人たちがそろってため息をついた。

「どうしたんですかー?」

富永が焦《じ》れたようにたずねる。

「うーん、いやねえ……選ばれた子が『辞退する』って言ってて……」

万里がようやく答えてくれる。

「え、そんな。オーディションに何のために来たんですか」

富永の言葉が、有働の胸に突き刺さる。自分もそうだったから。

「いや、よくわかんないんだけど……」

「あの子じゃないと、デズデモーナはいかん！」

金村の言葉をさえぎるように、ずっと黙っていた朱雀が叫ぶ。みんなびっくり。

「去年見た時から決めていたんだ！」

「去年って……デズデモーナ役にですか？」

「いや、なんかできたらいいなって」

杉山の突っ込みに、朱雀は子供のように答える。

「ワークショップに来た時に、いい声してるし、力抜けてて面白いと思ってたんだ。二日でいなくなっちゃって、ショックだったけど」

朱雀はちょっとしょぼんとなるが、すぐに立ち直る。

「とにかく、彼女を説得しないと！　杉山くん、がんばってくれ！」

「……わかりました。やってみます」

杉山の困り顔に、何だかいつもこんな調子なんだろうな、という背景が見え隠れする。

「さ、みなさんお腹空いてるでしょ？　夕飯食べに行きましょう！　中華中華！」

朱雀が先に立って、部屋を出ていく。みんなもあわてていく。

「あのっ」

有働は万里をつかまえて声をかけた。

「デズデモーナはどんな人が選ばれたんですか？」

「女子高生ですよ。経験はほとんどないけど、イメージにはぴったりでしてね。特に自然な笑顔がいい」

「名前とかって……？」

「ええと……篠原つぐみって子です。あれ、もしかしてオーディションに知り合いがいましたか？」

「い、いえ……」

今度は有働が言葉を濁すしかなかった。どうしよう。つぐみと夫婦役⁉　実現してしまったら、寛子に殺されるかもしれない。だって、妻殺しの夫役だ。親子でそんな役なんて……倒錯にもほどがある！

それより、つぐみが辞退した理由ってまさか、自分のことではあるまいか？　いや、そうでないとしても、この事実を知ったら、どっちにしろ辞退をしてしまうかもしれない。まずい状況になってきた。ちょっとしたいたずら心だったはずなのに、周囲に迷惑をかける羽目に陥ってしまうのか？

どうしよう……。有働は一人残され、会議室に立ちすくむしかなかった。

自分がデズデモーナ役に選ばれた瞬間、つぐみはあまりのことに呆然としてしまった。絶対に自分は選ばれないと思っていたから。そんなのありえない。

少したって、ようやく未来の方に振り返った。彼女はうつむき、決してつぐみの方を見ようとはしなかった。それがつぐみにとってもショックで——気がついたら手を挙げていた。

「どうした？」

ベートーベンヘアの朱雀が、教師のように指し示す。つぐみは立ち上がり、こう言った。

「あたしにデズデモーナ役は無理です。辞退します」

えっ、という声がそこここで聞こえ、部屋の中の空気が明らかに変わった。

「……何だって？」

そう言った朱雀は、驚きというより、脅しに近いような顔をしていた。「そんなの許さん！」と目が語っていた。でも、つぐみも引くわけにはいかない。自分がやめたからといって、未来が選ばれるとは限らないが、せめて二人とも落ちたのなら、それはそれでいい経験として終わることができる。それに、やる気のない自分が選ばれるのはおかしい。そんなことも見抜けないのか、この大人たちは。

未来が立ち上がった。そのまま何も言わずに部屋を出ていく。

「帰ります！」

つぐみもあわててあとを追う。

「あ、ちょっと待って！」

杉山、と名乗った女の人が、追ってくる気配があったが、かまわず走る。どたどた走るのにふさわしくないホテルの中を駆け抜け、正面玄関を出たところで、ようやく未来に追いついた。

「未来――」

「……何のつもり？」

「え？」

未来が振り向いた。泣いている。

「何であんなこと言ったのよ！」

そのまま早足で歩き出した。道路に出て、バス停を目指している。遠くからバスのライトが見えてきた。

「未来、あたし……」

「あんなこと言ったら、あたしだけじゃなく、他の人みんなみじめじゃない！」

「だって、あたし、できないよ」

「そんなことない。選ばれたのはつぐみなんだもん」

未来の涙声に、何と答えたらいいのか、つぐみにはわからなかった。間違ったことをした？　あたしはどうしたらよかったの？

バスが停留所に到着し、未来は何も言わずに乗り込んだ。運転手が言う。

「乗りますか？」

つぐみは首を振った。バスの扉が閉まり、発車する。未来は一番後ろの席の窓際に座った。前をまっすぐ見つめ、つぐみには一度も振り返らなかった。

それから三十分、つぐみは停留所に立ち尽くした。ホテルにはもちろん戻れない。帰るしかなかった。次のバスが来るまでの三十分間がこんなに長く感じたことなど、一度もなかった。秋の夜の空気がしんしんと身にしみる。

やっとバスが来て乗り込む時、ホテルの前にあのぬいぐるみが立っているのに気がついた。いつからいたんだろう。全然わからなかったけれども……。

あの時見つけられなければ、という気持ちが湧いてきた。ずっとテーブルの下に隠れていればよかったのだ。どうしてあのぬいぐるみは、あたしを見つけたりしたんだろう。通りがかったのがぬいぐるみじゃなくて、ただの人だったら、何も起こらなかったのに。

何であんた、ぬいぐるみなのよ。

無性《むしょう》に腹を立てたまま、つぐみはバスに乗り込んだ。さっきの未来のように、絶対にぬいぐるみの方は見なかった。

昨日は痛飲と言ってもよかった。

朱雀たちと豪華な中華料理を食べて、酒も飲んだのだが、ほとんど味も憶えていなかったし、いくら飲んでも酔えなかった。

多分、つぐみが断ったのは、自分とは関係ないだろう。何か他に理由があるはずだ。それは冷静に考えるとわかる。だが、本当の問題は、もしつぐみが説得されてそれを撤回したあとのことだ。朱雀はつぐみにこだわっているから、けんめいに説得工作を図るだろう。だが、相手役が有働だと知れば、もうどうにもならない。どんなに説得されようが、つぐみは拒否するだろう。

一番いいのは、自分がこの役を降りることだ。そして、あの素直な青年にオセロー役を演ってもらえばいい。何となく別の男と夫婦役というのも複雑は複雑なのだが、自分とよりはずっとやりやすいはずだ。いわゆるラブシーンもないし。絡みといえば、ラストで殺されるところ——うぅむ、娘を殺す役にもなりたくないしなあ。

経験もないし、うまくできる自信もないから、降りるのなら早めがいいだろう。朱雀は明日までこちらにいるらしい。誰かに伝えるだけでは、彼に失礼だ。直接会って言わなければ。ごまかしではなく、本当のことを言おう。

会社帰りに、再びホテルに駆けつける。フロントで朱雀のことを訊いたが、

「外出なさってます」

と言われてがっかりする。とりあえず、ラウンジで待つことにしよう。フロントにそう伝言を頼んだ。

ラウンジには一人も客がいなかった。珍しいことだ。いつもにぎわっているのに。それでも有働は、すみっこの席に遠慮がちに座った。

「有働さん」

コーヒーを頼んで一つため息をついた時、背後から呼ばれる。

「ああ……ぶたぶたさん」

昨日の短時間で、すっかりそう呼ぶようになっていた。オセローを演ってみたいとは、自分で決めたことではあったが、彼のイアーゴーと共演したい、という気持ちもあった。もらったシナリオを読んでみて、さらに感じたことでもあったが、それはあきらめないといけないらしい。残念だけど。

「どうなさいました？」

「朱雀先生にオセロー役を断ろうと思って来たんですが、お留守でした」

「……おやめになるんですか？」

「やめざるをえないんです」

有働は事情を説明し始めた。ぶたぶたは、有働が話し終わるまで、黙って聞いてくれた。

「そうだったんですか……」

「お恥ずかしい話で……親子でおんなじようなことをして……離れて暮らしてますけど、

やっぱ似てるのかなあ、とか思ったりも」

それが少し情けなかった。もっといいところが似ればいいのに、と思うが、それは多分、自分ではわからないんだろう。自分にいいところがあるかどうかもよくわかっていないんだから。

「朱雀先生は、今日杉山さんと一緒につぐみさんを説得しに行ってます」

「そうですか」

やはり御大自らが説得に乗り出したということは、有働の出番はますますもってない、ということだ。

「でも、さっき電話がありました。ダメだったそうです」

「え……どうしてですか？　理由は？」

「それに対しては口をつぐんでいるようですが……どうも、一緒に来たお友だちと何かあったようですね」

「つぐみがそんなこと、言ったんですか？」

「いいえ。聞いておりませんが、昨日ホテル前のバス停で、お友だちらしき女の子と話しているのを見かけました。何と言っていたのかはわかりませんが、一緒のバスでお帰りにならなかったし、とても沈んでいるようでしたので――。

実は、オーディションの前に、私つぐみさんと会っているんです」

「そうなんですか？」

「その時は、テーブルの下に隠れておられました」

一瞬、言葉が出なかった。何してたんだ、つぐみっ。

「……どうして？」

「緊張のために隠れていたのだと思っていたのですが……どうもそうじゃなかったみたいですね。オーディションを受ける気がなかったのかもしれません」

「付き添い、ですか？」

「そうですね。なのにお友だちではなく、自分が受かってしまった、ということかもしれません」

つくづく親子そろってうかつだ、と思う。

「どうしましょうかね……」

有働は責任を感じていた。つぐみを何とか説得できないか。せっかく受かったデズデモーナ役であるし、娘に貴重な経験をさせてやりたいとも思う。たとえ自分が望んでいなくても、チャンスだと思うのだ。大役の重圧よりも、楽しみたいとすら感じられるようになっていた。少なくとも昨日の自分はそう思っていたのだ。

「つぐみさんを説得できませんか？」

ぶたぶたが言う。

「それは……そうしたいのは山々なんですが……つぐみが出ることになれば、私がやめることになるでしょう？　それもまた、無責任きわまりないじゃないですか。親子そろってこれ以上迷惑をかけるのは――」

「何で有働さんがやめないといけないんですか？」

点目をさらにきょとんとさせて、ぶたぶたは言う。

「だって……絶対つぐみがいやがりますよ。親子ですよ。親子で夫婦役だなんて……『キモイ』とか言われたらどうするんですか。元のかみさんも、絶対に怒りますよ」

「そうですかね？」

朱雀が聞いたら、さぞ喜びそうではあるが、それは置いておくとして。

「じゃあ、有働さん――お父さんがオセロー役だということも含めて説得すればよろしいじゃないですか」

「そんなー。つぐみとは、ここ数年、満足に話してもいないんですよ。しかも向こうは思春期だし。ただでさえ難しい年頃じゃないですか。説得することさえ自信がないのに──ほとんど不可能に近いようなことを言わないでくださいよー」

不可能に近いこと──が目の前にいることに急に気づいた。しかも、この人がイアーゴー。それが実現するなら、何だってあり、と言えるのかも。

「ぶたぶたさん、協力してくださいよ」

不可能に近いことを可能にしている人の説得力を、ぜひお借りしたい。

「いいですよ」

あっさりとぶたぶたは承諾してくれた。

「私もあまり自信はありませんが」

「いえ、ついてきてもらうだけで充分です」

つぐみと会ったことがあるのなら、なおさらだ。

今日は車で来たので、ぶたぶたを乗せて市街地へ戻る。元は自分の家だったところに行くのは、離婚以来だった。道を憶えているか、と不安になったが、周辺はそれほど変わっておらず、迷うことなくたどりついた。だが家の前ではなく、少し離れたところに車を停める。

「電話してみます」

家の電話と寛子のケータイの番号は知っていたが、つぐみのは知らない。母に教えてもらうことも考えたが、それはかわいそうなので、とりあえず家に電話をしてみる。

「もしもし」

二年ぶりに聞く寛子の声だった。

「もしもし。俺……有働だけど」

「あら。珍しい。どうしたの？」

驚いた声だ。無理もない。電話なんて、用事がない限りかけないんだから。

「ええと……つぐみはいるかな？」

「いるけど……何の用？」

「いや、電話じゃなくて、いるなら、ちょっと会って話したいことがあってね」

「これから？」

「うん、できたらこれから。実は近くまで来てるんだ」

ぶたぶたは、助手席にちょこんと座って、こっちを見ていた。こうしていると、ほんとにただのぬいぐるみだ。ずっと前からこの車の中に置いてあったようにしか見えない。

「何の話をするの？」

寛子の声に警戒の色がにじむ。

「君にも聞いてもらうから」

「……ちょっとつぐみに訊いてくるから、待ってて」

保留のメロディーが流れる。昔もこれを聞いた気がする。まさか、ずっと同じ電話なのだろうか。

「もしもし？」

ぼんやり昔のことを考えていた時、突然寛子の声が割り込んできた。

「つぐみ、話聞くって」

「わかった。じゃあすぐに行くよ」

車から急いで降り、ぶたぶたと一緒に元我が家へ向かう。玄関のチャイムを鳴らす時、どうしようかと迷ったが、

「私が持ってた方がいいでしょうね」

「そうですね。奥さんがびっくりするでしょうから」

有働がぶたぶたを抱きかかえて、チャイムを鳴らした。すぐにドアが開く。寛子が顔を出した。その顔は、変わっていないようにも、やはり変わっているようにも見えた。それは多分、自分に対しても彼女は同じことを思っているのかも、と有働は思う。

「こんばんは。突然、ごめん」

「いいのよ。びっくりしたけど」

礼儀を重んじるぶたぶたとしては、挨拶できないのがつらかろう、と思うが、もう少し我慢してもらわないといけない。

明るい玄関に入って、寛子がようやくぶたぶたに気づいたようだった。

「あなた、何持ってるの？　ぬいぐるみ？」

「ああ、あの……つぐみに会わせようと思って」

「おみやげ？」

「見せるだけなんだけど」

いぶかしげな顔で、寛子はぶたぶたと有働を見比べる。それ以上有働が何も言わないと、あきらめたように階段の下へ行き、

「つぐみ！　お父さん、来たよ！」

と二階に呼びかけた。

「お茶、飲む？」

「ありがとう。悪いね」

寛子がくるっと振り向いた。

「――リビングで待ってて」

他にも何か言いたそうだったが、そのまま台所の方へ行く。

リビングは、家具もレイアウトも変わっていた。きれいに片づいている。あの頃はつぐみもまだ小さかったから、散らかし放題だったし、部屋のすみにはおもちゃ箱やたんすが置いてあった。そういうものはすべてなくなり、女性らしく落ち着いた色合いの空間が広がっていた。

ソファーの上にぶたぶたを置き、自分も横に座る。

「ご挨拶のタイミングに悩みますね」

「そうですね」

ひそひそそんなことを話していると、寛子が茶托を一つと小さな菓子入れをお盆に載せて帰ってきた。

「どうぞ」

「君は飲まないの？」

「あたし、さっきコーヒー飲んだから」

一人でお茶を飲むのは淋しいなあ。ぶたぶたにも出してほしいが、それはいきなり頼みにくい。

何となく間がもたないので、あきらめてお茶を飲もうと手を伸ばしかけた時、つぐみがリビングに入ってきた。ぶすっとした顔をうつむけたまま。

「つぐみ……」

有働の呼びかけに顔を上げたが、すぐに驚いたような表情になる。ぶたぶたを見つめている。

「何で……？」

さっきの寛子のように、有働とぶたぶたを見比べている。なるほど親子だ。顔がよく似ている。

「どうしたの、つぐみ？」

娘のただならぬ表情に、寛子も気づいたようだ。

「座りなさい。何をそんなに驚いてるの？　お父さんだよ」

「わかってる」と言うようにつぐみはうなずきながら、寛子の隣に座る。

「それで？　話って何なの？」

そう言ったのは母親の方だったが、有働は娘に話しかける。

「今日、朱雀先生と会ったよな？」

つぐみは寛子の方をちらっと見てから、うなずいた。

「朱雀って誰？」

寛子は何も知らないらしい。

「桜祭りでお芝居の演出をする人だよ。つぐみ、結局断ったって聞いたけど、それは本当か？」

「何でお父さんが知ってるの？」

つぐみがもっと驚いた顔でたずねる。

「うーん……どう説明をしたものか……ええと……実はお父さんは、そのお芝居のキャストの一人なんだ」

言った。ついに言ってしまった。ええい、ついでだ。

「で、この人も実はそうで」

自分の隣のぶたぶたを押し出すようにして、言う。

つぐみは声も出ないようだった。口をあんぐり開けている。

「……何の役なの？」

だが、はっとしたように質問をする。

「どっちが？」

つぐみが指さしたのは、ぶたぶたの方だった。

「イアーゴー」

「えっ⁉」

驚きの連続のようだ。でも、まだ隠し玉を持っていることを思うと、申し訳ない。

「何なの？　どういうこと？」

寛子も別の意味であっけにとられているようだった。ぶたぶたのことはまだわかっていない。

「桜祭りの芝居のオーディションを、つぐみは受けたんだよ」

「えっ、そんなことしたの？　全然知らなかった！　で、どうだったの？」

「受かったんだ。ヒロイン役に」

「まあ！　すごいじゃない！　――え、でもさっき断ったって……」

「断ったよ。だって……あたしできないもん」

「そんなことないよ、つぐみ」

「何でお父さんがそんなこと言いに来るの？　もう何が何だかわかんないよ！」

「……そうだな。俺もよくわからん」

父親の素直な返事に、母子ともどもまた驚く。

「何でこんなふうになったのかなあ」

どうして今、俺はここにいるんだろう。この間まで、二人に見つからないようにしようと思って暮らしていたのに。

忘れていることを思い出すのが怖かったのだ。思い出さないまま暮らしていこう、と決めたから。何もできない、しない父親だったが、この家で親子三人で暮らしていた頃がとても幸せだったと思っているから。

「あのう……」

ぶたぶたがついに口を開いた。

「さしでがましいようですが、よろしいでしょうか」

寛子がきょろきょろしている。

「誰？」

「すみません、お邪魔しております。ご挨拶が遅れました」

ぶたぶたは、ソファーの上に正座をすると、丁寧にお辞儀をした。挨拶というより、謝っているみたいに見えるのだが。

それを見た寛子の反応は、ものすごく素早かった。

「きゃあああ！　う、動いた！」

そのまま飛び上がると、リビングを出ていってしまったのだ。

「あらら……」

これほどわかりやすい反応は見たことがなかった。まずは呆然とする人の方が多いように思う。でも、寛子がこの場からいなくなって、ちょっと気が楽になった。彼女の前では、これが一番話しにくかったのだ。

「あのなあ……お父さん、実はオセロー役なんだよ」

つぐみはもう疲れたのか、驚きの声も出ないようだった。

「でも、お前がデズデモーナをやるんなら、やめようと思ってるんだ」

「……どうして？」

「だって……やだろ？　親子で夫婦役なんて。それに、何年もまともにしゃべってない。お母さんもいやがるだろうし。

オセローのオーディションは人が少なくて、お父さんは他に演る人がいなかったから選ばれただけなんだ。でもお前は違う。ちゃんと選抜されたうちから、さらに選ばれたんだから、できないなんてことはないんだよ」

つぐみはしばらく黙っていたが、やがて言った。

「お父さんがあたしのためにやめるなんて、しなくていいんだよ」

その声は、思いのほか落ち着いていた。

「今お父さんが言ったこと聞いて、よくわかった。自分のしたこと」

「何をしたんだ？」

「友だちにしたこと。あたし、オーディションに興味なかったけど、友だちの未来って子につきあって行ったの。その子が一人じゃいやだって言ったから。

けど、ほんとに興味がなかったら、一次に応募しなくてもよかったんだし、あの日も控え室で待ってればよかったんだよ。でも、このぬいぐるみさんに会って、すすめられたから、そのせいで受けたとかって思って——。で、実際に受かったら『やめる』って言って……未来を泣かせたの」

つぐみは顔を覆って、鼻をすすった。

「自分のせいで、誰かが何かやめるのって、自分が本当にいやになるんだね……知らなかったよ……」

「その友だちとはそのあと話したのか?」

つぐみは首を振った。

「学校でも今日、しゃべんなかった。怖くて、話しかけられなかったの。謝るにしても、きっと何に対して謝ってるのか、あたしがわかってなかったら、許してくれないって思ったから……ほんとにわかんなかった。やめればそれでいいと思ってたから……」

「すぐに電話して、謝りなさい」

「……どう言って?」

「デズデモーナを演るって。がんばるって」

つぐみは鼻をすすりながら少し考えていたが、やがてこう言った。

「じゃあ、お父さんもオセローをやめないで」

「ええっ。でも……いやじゃないのか？　最後、殺されるんだぞ……」

「それはお芝居だから、別に平気。お母さんはいやがるかもしれないけど、朱雀先生のせいにしちゃえばいいよ」

つぐみがやっと笑った。そして、

「ほんとはこの人のせいだけど」

と、ぶたぶたを指さす。正座をしていたぶたぶたが、びっくりしたように飛び上がる。

「わ、私のせいですか？」

「一緒にお芝居するの、楽しそうだもん」

「そうだなあ。ぶたぶたさんのおかげかも」

「ええー……」

おろおろしているぶたぶたが気の毒だったが、つぐみの言葉には大いに同意する。これから大変だろうが——娘との失った時間を少しでも埋められるかもしれない。ぶたぶたとも芝居ができる。

何だかわくわくしてきた。

「あ、お母さん……」

思い出したようにつぐみが言う。リビングと廊下を仕切るドアから、寛子がのぞいていた。忘れてた……。問題は、彼女をどう説得するかだ……。

まあ、それは彼におまかせすればいいか。有働はぶたぶたを見つめつつ、極めて楽観的にそう思っていた。

ありすの迷宮ホテル〜冬の物語

外には、この地には珍しく雪が降っている。周囲の音を貪欲に吸い取りながら、しんしんと降り積もる。私はどのくらい眠っていたのか。雪がここまで世界を白くさせるには、小一時間ではすむまい。

私にまた逃げ道をなくさせるつもりか。天まで私の敵なのか。苦々しく思いながら、ストレートのスコッチを飲み干した——。

……しかし我慢もここまで。私は大きくあくびをして、流れた涙を手の甲でごしごし拭いた。

「うう、気持ち悪……」

空きっ腹にスコッチは堪《こた》える。いかに出版社持ちだからって、全部飲んじゃえと思うところが、我ながらセコい。

私は傍《かたわ》らのクラシックな電話を取り上げ、ルームサービスを頼んだ。

「すみません、梅きのこ雑炊《ぞうすい》一つ」

何だかバカの一つおぼえみたいにこればっかり頼んでいるような……でも、胃の調子が悪い上にまたうまいので、つい。

受話器を置いたとたんにベルが鳴り、飛びあがるほどびっくりする。

「フロントでございます」

こっちがこんなに驚いているとは絶対に思わないであろう落ち着いた声が流れてきた。

「清風《せいふう》書房の江川《えがわ》さまからお電話です」

「ああ……はい。お願いします」

わずかの間ののち、

「お話しください」

と交換手の声がした。

「もしもし」

「あ、熊野井《くまのい》先生ですか？」

担当編集の江川の声が、いやに明るく響く。

「どうですか、お原稿の方。進んでらっしゃいます？」

「ええ……まあまあ、何とか」

私は口ごもりながら、ごまかした。

「楽しみにしておりますよー。〆切《しめきり》は一週間後です」

「はあ、何とかなると思います」

同じようなことをくり返しながら、私は努めて余裕があるように答えた。

「では、またお電話いたしますので。よろしくお願いいたします」

ほんの数分が地獄の責め苦に感じるやりとりは、ようやく終わった。受話器を置くと、私は座り心地抜群のソファーの上に倒れ込んだ。

ああ、この部屋は広くて何て素敵。居心地最高、サービスも満点。周囲の環境も素晴らしい。文句が一つも出てこないかわりに、すべて自分におっかぶさってくる。

原稿……一行も書けてないよ……。一週間後に三百枚って無理。絶対無理。

一介のホラー作家に、どうしてこんな豪華なカンヅメ部屋を用意したのか。俺なんて俺なんて、ボロい旅館とか駅前のビジネスホテルで充分だったのに。

「一度でいいから、カンヅメってしてみたいなー」

と何気なく口にしてしまったことから、あれよあれよと連れてこられ、本当に缶詰のサバにでもされた気分だった。スイートとまではいかないが、ダブルの部屋ではかなりの広さらしい。出版社の気まぐれなのか何なのか……年度末の工事みたいなもので、たまたま使わないといけないお金でもあったのかしら。車の運転ができない自分に、豪華だけど田舎のホテルは確かに逃げ出せない。ま、タクシー使えばいいんだけど、ここからタクシーで家に帰ったら、数万円飛んでしまう。実は現金、そんな持ち合わせていないのだ……。もちろんクレジットカードで払えばいいんだけど……素直に原稿を書くか、数万円払って逃げるかでここ何日かずっと逡巡《しゅんじゅん》している。けど、雪降ってきちゃったし……事故にでも遭ったらどうしよう……。ああ、方向すっかり間違ってるよね……。

ソファーに突っ伏して泣きたい気分になっていたら、ドアがノックされた。

「はいっ」

「ルームサービスです」

ドアを開けると、ワゴンだけが置いてあった。えっ？　今まで何回もルームサービスは頼んだが、置いて帰るなんてことは一度もなかった。必ず部屋の中でサーブしてくれるのに……。

「お待たせいたしました」

どこからか、落ち着いた男性の声がした。

背筋が震え上がる。時間帯としては不似合いだが（朝九時過ぎだ）、この古いホテルには非常にふさわしいシチュエーションだ。いかにも「出そう」な雰囲気だし、噂を聞いたこともある。だから「ここでやりたい」と言ったのだ。今までまったくそんなことは起こらなかったので、後悔していたのだが――。

しかし、これではあまりにもベタな設定ではないか……。血迷ったとしか思えない。今時古いホテルでの幽霊譚など、誰も読まないだろう。いや、書きようによるというのはわかってはいるが、煮詰まりすぎた頭にそんな余裕はない。もっと新鮮で意外なアイデアが欲しいのだ。

ワゴンが静かに動いて、部屋の中に入ってきた。どう見てもワゴンが勝手に動いているようにしか見えない。

いや、でも目《ま》の当たりにすると、どんなベタな設定でも、やっぱり怖かった。こう言ってはなんだが、私はホラー作家のくせに心霊現象とかには縁がない。むしろ、そういうことにめちゃくちゃ弱いタイプだ。だからこそ、ホラーが書ける、とも言える。一つでもそういう気配を見つけると、怖くて気になって、頭から追い出すのが難しくなるからだ。

だから今、平静を装っているが、かなり無理している。やばい状態だ。だって、いい歳した男が「きゃー、怖い」なんて言うわけにはいかない、という気持ちはやはりあるので、我慢しなきゃ、とは思うのだ。言えるものなら言ってもいいけど、それはどうしても――。

「お客さま？」

「うひゃあー！」

後ろからの問いかけに、飛び上がって奇声を発してしまった。いつの間にかワゴンは私の前を通り過ぎ、部屋の真ん中辺に置いてあった。でも、誰もいない！

「お客さま、いつもの者でなくて、申し訳ありません。今ご用意いたしますので、少々お待ちください」

下の方からそんな声がした。下？

ワゴンの向こう側で、何かがうごめく気配がした。うわ、「うごめく」だって。怖い言葉だ。今、使いたくない。使いたくないが、それ以外に表現のしようがなかった。

ワゴンの上には、プラスチックではなく、金属の丸いふたのついた土鍋が載っていた。いつもの梅きのこ雑炊。それと小皿に載った漬け物。どうしよう。あれだけだし、自分でやろうかな。

そう思って手を出した時、それが昇ってきた。ワゴンを。

「ぎゃあああっ！」

私は本格的に叫んでしまう。なんかピンク色の塊が、塊があああっ！

「あ、申し訳ありません。驚かしてしまいましたか？」

そのピンク色の塊が、口をきいた。口、ないけど、なんか突き出たものがもくもく動いているので、多分声はそこから出ているみたい。

「あ、あの……自分でやりますから……」

やっとのことでそう言った。

「でも——」

「いえいえいえっ。土鍋一つですし！　慣れてますから、大丈夫です！」

必死に熱弁をふるう。

「そうですか。では、どうぞ」

ピンクの塊がワゴンの上に立ち上がり、トレイに載った土鍋を差し出す。私は震える手でそれを受け取り、素早く窓際のテーブルに運ぶ。そうしないと、力が入らなくて落っことしそうだったから。

何とかこぼさずテーブルに載せてから、ワゴンの方に振り向くと、ピンクの塊がいない！　どこだ！　どこへ行った⁉

「では、失礼いたします」

下の方からの声に、また飛び上がりそうになるが、かろうじて我慢する。

小さなピンク色が押すワゴンが廊下に出て、ドアがパタンと閉まるまで、まばたきもできなかった。一人きりになって、何分かして、ようやく大きくため息をつき、へなへなと座り込む。

「こ、怖かったあ〜……」

心の底からの声が出た。噂は本当だったんだ。そんな雰囲気は今まで微塵《みじん》もなかったのに、ここでこんな隠し玉を持ってくるとは——やるな、グランドホテル。

さっきのピンクの塊は、何とぬいぐるみだったのだ。しかもぶた。点目。手足（？）の先には濃いピンク色の布が貼ってあり、右耳がそっくり返っているのまではっきり憶えている。そして、バレーボールくらいの大きさのくせに、何倍もあるワゴンに梅きのこ雑炊を載せてやってきた。ルームサービスを注文通りに持ってくる化け物も珍しい。

いや、格式あるホテルに住み着いていると思えば、それも当然か。

よし。単なるおどろおどろしい化け物ではまったくネタにはならないが、これはちょっと珍しいので、いいかも。さっそく書いてみよう。


一時間後。

私は、パソコンの脇に突っ伏していた。ダメだ……ちっとも怖くない。これ、ホラーじゃない。ほのぼのじゃん。

でもでもっ、見た時は怖かったのだ！　それは本当だ。それを表現しきれない、というのは、自分の実力不足なのか……そう考えると、ますます落ち込む。

「あっ！」

すっかり忘れていた。梅きのこ雑炊！　せっかくあつあつのを持ってきてもらったのに……すっかり冷めてしまったよ。

それでももったいないし、お腹は減っているので食べる。けど……うう、冷たい……。

暖房が快適に効いているとはいえ、外は雪が降り続いている。ま、一時間も放っておけば、どんな食べ物も冷たくはなるものだ。

ああ、何だかあったかいものが食べたくなってきたな……。十一時になると、下のレストランのランチタイムが始まる。あと三十分。シャワーを浴びて出かけるのにはちょうどいい時間だ。ついでに掃除もしてもらおう。

熱いシャワーを浴びて、無精ヒゲを剃《そ》り、クリーニングから返ってきた服に着替える。にわかに腹が減ってきた。雑炊には申し訳ないけど、何食べようかなー。

部屋のドアに掃除依頼の札をかけ、階下のレストランへ降りる。フレンチ、和食、中華——うーん、今日はフレンチにしよう。ここの食事はどこもうまい。

シェフのおすすめランチコースをゆっくり味わい、ついでにワインも飲んでしまった。とても優雅だが、だんだん自分の状況を思い出してきて、ちょっと絶望的な気分になってきた。何をしているのだろうか、俺……。食事はとてもおいしかったし、身体も温まったが、外の景色を見つめながら憂いに耽る。雪——やみそうにない。ネタは浮かばない。原稿は進まない。ホテルの中は歩き回れるが、そこから出ることができない……。

吹雪の山荘、という言葉を思い出した。自然の密室だ。しかし、ここではよほどのことがない限り、孤立はしないだろう。いざとなったら、海からだって脱出できる。クルーザーがあるらしいから。海がしけていなければ、だが。電話線が切れる、なんてこともないだろう。携帯電話があれば通じるし。電波塔倒れるほど雪が降るとは思えないしなあ。陸の孤島ネタはダメか……広がらない。さっき書いていたものを、もう少し練ろうか。それとも、気分転換にちょっと外に出てみようか。テラスに積もった雪に、足跡がないのを見て、歩きたくなった。でも、コートがないから、ほんの少しだけ。

外に出ると、思ったよりも風があった。まるで吹雪のように雪が吹きつけてくる。けっこう積もっているから、足も埋まる。私は、まるで熱い砂浜を歩くようにして、雪の上を飛び回る。いかん、髪の毛に雪が積もってきた。

あわててホテル内に戻る。溶けないうちに雪を払おうとしたが、温かい室内に入ったとたん、びしょびしょになってしまう。うわ、みっともない。

猫のように特に温かく、人のいない場所を探して、しばらくそこで服や髪があらかた乾くまで座って、ようやく部屋に戻ろうと立ち上がった時、背後から声をかけられた。

「お客さま」

何気なく振り向くと、そこにはあのぬいぐるみが立っていた。げっ。声が普通のおじさんだから、油断してた。

ぬいぐるみはぺこりとお辞儀をすると、トコトコとそばに寄ってきた。きゃー。近寄らないでー。思わず周りに助けを求めようとするが、誰もいないではないか！　というか、こんなところを見つけたのは自分であるのだが。

「お食事、ほとんど手つかずだったそうですが——ご気分でもお悪いのでしょうか？」

「いや、あのー……急に仕事をし始めてしまって、食べるのを忘れてしまったので……寒いでしょ、今日っ。だから、あったかいものが食べたくて！」

　嘘を言っているわけではないのに、何この焦りよう。

「さようですか。いつも残さずに召し上がると聞いていたものですから」

「すみません、なんか丸々残してしまって……」

　もったいないことをした、とは思っているのだ。おいしいから。でも、こんなことになるのなら、食べとけばよかった。もうこのぬいぐるみには、会いたくないと思っていたのに……！

「でも、お食事をされたのなら、お身体の方は大丈夫ですね」

「ええ、大丈夫です！」

　ていうか俺、どうしてぬいぐるみ相手にこんな普通の会話をしているんだろう。さっきもそうだったけど、つかんで「出てけー！」って部屋の外に投げてしまってもよかったはずなのに。こんなあたりさわりのない会話してるから、つきまとわれるのかも。ま、二回目だから、つきまとわれるというレベルではまだないけれども。

はっ。

「あ、じゃあ失礼します！」

私はそそくさとエレベーターホールへ向かった。早く部屋に帰りたかった。ぬいぐるみストーカー。いいかもしれない。書けるかも！

そして一時間後。

私はやっぱりパソコンの脇で突っ伏していた。

やっぱり全然怖くない……。どうしてもかわいくなるのはなぜなんだろうか。

主人公がもっと拒否感を持たなくてはならないのかもしれない。どうも穏便《おんびん》にすませたがる傾向にあるようだ。自分もそうだけど。「近寄るな！」と言えればいいのだが、なぜか言えない。うーむ……あの顔を見ると、なんかかわいそうで。

いや、現実問題として、それがストーカーをつけあがらせることになるんだろうけど。たいてい知り合いだというし、だから邪険にはしたくない、うまいこと解決したい、と思うんだろう——って、あのぬいぐるみ知り合いじゃないし。だいたいストーカーでもないしな。「怖いから近寄らないでください」と言うのは、どうも悪い気がするんだよねえ——って化け物にそんな引け目を感じてどうする!?

けど、化け物なのかな。身体の心配をしてくれたけど、本当にホテルの人みたいだ。かつて勤めていたホテルマンの幽霊が職務を忠実にこなす、というのはあり得そうだが、何でそれがぬいぐるみなのか……さっぱりわからない。

そうか。ぬいぐるみにしなきゃいいんだな。もっと怖そうな人にすれば——ってそれがベタなんだって。けど、面倒見のいい幽霊っていうのも、それはそれで怖い。何で面倒見がいいの？　ホテルマンだから？　それだけ？　あんまり親身になり過ぎるってのも、ホテルマンとしてスマートではないように思う。何か因縁があった方がいいかな？

さて、それはどんな因縁？　因縁のある幽霊が、どうしてホテルに住み着いている——？

電話が鳴っている。ホテルの電話じゃない。ケータイだ。自分のケータイ。

目を開けると、とたんにくしゃみが出た。ぶるっと寒気が走る。雪の勢いはまったく衰えていなかった。気温、朝より低くなっていないか?

テーブルの上でけたたましく鳴っている携帯電話を取り上げ、通話ボタンを押す。

「よお」

簡単な挨拶の主は、作家仲間の鳥海《とりうみ》だ。やはり彼もホラーを書いている。

「カンヅメなんだって〜」

うらやましいのかひやかしなのかわからない口調でそう言う。

「今時豪勢だねえ」

どうもうらやましいらしい。

「……それで書けなきゃ地獄なんだけど」

何だか鼻声が出た。やばい。この上風邪なんてひいたら、もう最後だ。

「書けてないわけぇ〜?」

何だか楽しそうで、かちんと来るが、立場が逆だったら自分もそう言うなあ、と思うと反論できない。

「書けてないよ……」

編集者に嘘をつくのが精一杯だ。

「グランドホテルに部屋をとってもらって、それは大変だなあ。〆切、いつ？」

「一週間後……」

「で、今どのくらい？」

「ううん……着想が出てきたって感じ？」

電話の向こうで、鳥海が絶句するのがわかった。

「お前……それ、ヤバくない？」

からかい口調がちょっと薄れた。

「ヤバいよ。どう考えてもヤバい」

人ごとのように私は言う。人ごとだったらどんなにいいだろう。

「長編なんだろ？」

「そう」

「書けないの？」

「そう。書けない」

泣きたくなってきた。

「何が原因？」

「わかんない……。家にいても同じなんだろうけど、どうせ同じなら、『こんなところってもらった』って罪悪感を感じない家にいた方がまだましだったね」

そのかわりに、言い訳を必死で考えていただろうが。

「でも、家ではできない経験もあるから……それを利用しないと」

鳥海の声が心配そうになってきた。

「ああ、それはあったよ。そこからふくらませようとしてる」

「え、どんなこと？」

「化け物見ちゃった」

「嘘っ⁉」

鳥海も私と同様、心霊現象などには縁遠いタイプだ。

「いいなー」

だが彼は、あんまり怖がらないタイプでもあった。

「よくないよ……」

「どんなの？　どんなの？」

「動くぬいぐるみ」

「……あまり怖くないような」

「バカッ。実際に見てみろ。怖いんだから！　しかもそれ、ホテルマンなんだぞ！」

鳥海の沈黙も怖かった。

「――ますます怖くない気がするんだけど」

「何言ってんだ、ルームサービス頼んで持ってきたのが、ぶたのぬいぐるみだったらどうする!?　バレーボールくらいの大きさの！」

「え、顔はどうなの？」

それは怖いことに関しての質問ではなく、知り合った女の子のこと訊いてるみたいではないか。

「ビーズの点目で、ぼーっとした感じ」

「外国のみたいな妙にデフォルメされた奴じゃないんだ。イメージとしてはそんなのが出そうだけど」

「リアルと言えばリアルだよ。でも子ぶたっぽいね。日本人好みの顔」

やっぱり女の子の話してるみたいだ……。

「じゃ、けっこうかわいいじゃん」

「かわいくないの！　怖いの！」

「でも、ホテルマンなんだろ？　親切なの？」

「……頼んだルームサービス食べなかったら、『お身体は大丈夫ですか？』だって」

「いい人じゃん！」

「そりゃそうなんだけどさあ……。油断させていつ襲ってくるかわかんないんだよ」

「そりゃ人間だって同じことだ。そんなちっちゃいぬいぐるみなら、撃退できるだろ？」

「でも、変身するかも。人間は変身できないだろ、普通」

ムキになって反論していたら、何だか身体が熱くなってきた。

「……うーん、大丈夫か、お前？」

「何が？」

「カンヅメにされて、追いつめられてない？」

「追いつめられてるよ、もちろん」

「そうじゃなくて……なんか変なもの見るような感じの追いつめられ方になってない？」

「……どういうこと？」

「『バートン・フィンク』みたいな」

ああ、そういう映画、確かあったな。公開時に映画館で見たから、もう何年前の作品だろう。ニューヨークで活躍していた劇作家がハリウッドに呼ばれて、映画の脚本を書くことになるのだが、慣れない環境やハリウッドの流儀、宿泊先の不気味なホテルの雰囲気に翻弄され、次第に妄想の世界へ——って、それが今の俺⁉

「別に壁紙ははがれてきてないよ！」

特にいやなシーンを思い出して、私は震えながら叫ぶ。ここはそんなボロいホテルじゃないぞ！

「そうだろうけど」

「でも、それならそれでOKだよ。だって、それを元に原稿書こうとしてるんだもん」

「まあな。そりゃそうだ。幻覚なんていいネタだ」

「見たことある？」

「ない。あ、夢とうつつの区別がつかないのは、一種の幻覚かもな。仕事してた時、納期が近いとそんな感じはあったよ」

鳥海の前職は、ゲームデザイナーだ。

「そこまで自覚して追いつめられてないんだけどなあ」

フレンチのランチ食ったくらいだし。もうワインの酔いも覚めたみたいだし。ちゃんと寝ちゃってるしな。

「まあ、ネタにしようって気があるのなら、大丈夫だな」

「けど問題なのは、ちっとも怖くないってことなんだ」

また鳥海が黙る。

「ぬいぐるみにするからじゃない?」

「でも、その他のものにしたら、ありがちじゃん」

さっきいっしょうけんめい考えてみたが、いくら考えてもスティーヴン・キングの『シャイニング』には勝てない、と思うのだ。

「うーん……」

鳥海の深いため息に、心からの肯定を感じる。勝てる要素(?)といえば、ぬいぐるみの存在のみ。いや、勝とうとも思ってないけどね。

「何とかこのまま怖くしようと思ってるんだけど、どうしたらいいと思う?」

「それはね——」

と鳥海が答えようとした時、電話がいきなり「ピッ」と鳴りだした。

「え、あ、電池切れだ」

そういえば、こっちに来てから満足に充電していなかった。けっこうな大音量で、せわしく警告してくる。

「ごめん、話してる途中で切れると思うけど」

「じゃあ、手短に。それは、ぬいぐるみを——」

ぶちっ、といきなり電話が切れた。全然猶予なし。電源も切れている。え、電池切れってこんなものなの？

まあ、ホテルの電話でかけ直せばいいのだが、と思って立ち上がると、あれれ？　何だか部屋がななめになる……。

ほんの一瞬、意識がなくなったようだった。気がついたら、床に転がっている。え？　どうしたの、俺？

身体を起こそうとするが、石でも飲み込んだかのように重たい。頭がぐらぐらする。心臓が脈打つたびに、ガンガン叩かれているように痛む。それがだんだん早まっているように思えて、恐ろしくなってくる。

ええっ、風邪……かなあ。熱が出た？　さっき外に出たり、濡れたままにしておいたのがいけなかったか？

這《は》うようにしてベッドに向かう。サイドテーブルに置かれたクラシックな水差しからコップに一杯、一気に水を飲んだが、何だか舌がおかしくなっているようだ。何を飲んでいるのかわからない。

ベッドに潜り込んだが、寒くてたまらない。悪寒で眠ることすらできなかった。けんめいに手をのばして、電話を取る。

「はい、フロントです」

「すみません……。寒いので、布団を持ってきていただけますか？」

「わかりました。すぐうかがいます」

「あの……ドア開けられないかもしれないんですけど……」

「どうなさいました？　お身体の具合でも悪いのですか？」

「ええ、ちょっと……風邪っぽくて……」

「そうですか。お薬お持ちしましょうか？」

「お願いします」

電話を切ると、げほげほ咳が出た。喉も痛くなってきたし、鼻も詰まって苦しかった。風邪のフルコースだ。身体がウィルスを外に出そうとけんめいに働いている。ああ、節々が痛い……。


ぱさっ、と耳元で音がして、私は目を覚ました。羽毛布団が上にかけられている。

「あ、すみません。起こしてしまいましたか？」

聞き憶えのある声がする。目を開けると、視界がぐにゃぐにゃとして、急に気持ち悪くなってくる。そのぐにゃぐにゃの中に、ぶたのぬいぐるみの顔があった。うわ……ウルトラQの世界。

「お薬お持ちしましたよ」

私はあわてて首を振る。箱に〝パブロン〟と書いてあるけど、本当にそうかわからないから。

「パブロンはお身体に合いませんか？」

いいや、別に何でも平気だけど。

「では、ベンザは？　ルルは？」

だから、あんたの手からは何も飲みたくないのだ……。

「総合感冒薬がダメでしたら、漢方もございますよ。液体カコナールとかいかがですか？」

あ、液体カコナールってドリンク剤みたいな奴……それなら、自分で開けられるから、いいかも。

「じゃ、カコナールで……」

「わかりました」

「あっ、自分で開けて飲みます」

あわてて付け加える。

「そうですか。では――」

そう言って、開いていない液体カコナールを手渡される。フタの手応えを感じて、少し安心する。だいたいあの柔らかい手でこのフタ開けられるというのか？

一気にカコナールを飲み干した。まずっ。まあ薬だから、おいしいなんて期待してなかったし、舌も変になってるしなあ。

「何かお食事をお持ちしましょうか？　おかゆとか」

「食欲ないです……」

これは本当だ。幸いお腹には来ていないみたいで、さっきの気持ち悪さはもう去ったが、まだぐらぐらしているので、とても何か食べられるような状態ではなかった。

とにかく横になって目を閉じる。これで眠れれば、まあ何とかなるだろう——と思ったら、冷たいものがおでこに……ひえぇぇえっ！

「あわわわわ……」

タオルか。た、タオル⁉　看病をするつもりかっ⁉

「あ、あの……冷えピタとかがいいんですけど……」

「そうですか？　じゃあ、持ってまいります」

ぬいぐるみはベッドから飛び降り、小さなワゴンを押して、部屋から出ていこうとした。

「あ、お医者さま、お呼びしましょうか？」

くるっと振り向き、そんなことを言う。

「いえ……いいです。寝てれば治ります」

「でも、かなり熱が高いようですよ。九度近くありそうですが」

おでこを触られたのか……あの布の手で、熱の高さがわかるのだろうか。それとも、体温計を使わなくても、人間の熱くらい見ればすぐにわかるのかも。ありえる。あの点目は、熱センサーにでもなっているのだ。柔らかそうに見えて、実は高性能かも。

「大丈夫です……大丈夫」

やっとのことでそうつぶやく。ぬいぐるみは名残《なごり》惜しそうに、部屋を出て行く。鍵かけようか、と思ったが、すぐ無駄だとわかる。だって入ってきてたし。マスターキーとかいう問題ではなく、通り抜けているかも。やっぱりな。人間じゃないから、油断できない。

そのあとは記憶がなかった。気がつくと、おでこには冷えピタが貼られ、ベッドサイドテーブルにはそれの箱と小さな救急箱が置かれていた。パソコンが置いてある机の上には、ぶ厚いガウンもある。部屋のすみでは、加湿器も動いていた。

まだ頭がクラクラするが、さっきほど熱っぽくはないように思える。救急箱の中に体温計が入っていたので、ちょっと測ってみると、三七度八分。微熱程度だ。あったまった冷えピタを新しいものに替えて、私はベッドから起き上がる。

窓のカーテンが閉められていたので、少し開けてみると、雪はやんでいたが、もう外は暗かった。ああ……原稿、満足に書けないまま、一日が終わってしまうのか……。どうしようかなあ……。

絶望的な気分になりながら、置いてあったぶ厚いガウンを羽織る。ありがたい。暖かさが身に染みる。コートくらいしか上に着るものがなかったが、それをホテルの一室で着ることのわびしさったらない。

水差しで水を飲むと、すごくおいしく感じた。喉がカラカラなこともあるが、これはよい傾向かも。舌もだいぶ元に戻ってきた証拠だ。

そういうことなら、原稿、書かなきゃ。ここで寝込むわけにはいかない。

その前に、シャワー浴びようかな。汗びっしょりで、気持ち悪い。さっぱりすれば、気分も身体の調子もよくなるだろう。でもまだだるいから、お湯につかるだけにしようかな。

バスタブにお湯を入れている間、少しパソコンに向かってみた。が、やっぱり進まず……出るのはため息ばかりだ。

湯がたまったので、ゆったりとしたバスタブの中に身体を横たえる。クラシックな雰囲気を残しながらも、様々な機能やアメニティグッズが充実しているバスルームだ。部屋は昔のままだが、こういう部分は少しずつ改装しているのかもしれない。

はあぁ、気持ちいい……だんだん眠くなってきた。目を閉じると、そのまま眠ってしまいそうだった。けど、風呂で寝るのは危ないんだよな……。それは頭の端っこでわかってはいた。だから出ようとしたのだが――なぜか身体が動かない。ヤバい。熱がまだあるのに、風呂って入っちゃいけなかったか？

まったく逆さの状態だったが、雪山で遭難した気分だった。寝るな、寝たら死ぬぞ！と誰か殴ってほしい。誰か助けて……。

「お客さま！　熊野井さま、大丈夫ですか!?」

ほっぺたがぽんぽん叩かれているのを感じる。いや、そんな弱くではなく――ぱーんって叩いてもらわないと、目が覚めないのだが。

だが、いくらそう思っても、ぽんぽんぽんぽん、コットンで化粧水でもはたいているような感触しかしない。しびれを切らした私が目を開けると、やっぱりあのぬいぐるみだ。と同時に、激しい咳がでる。しかし、これは水を飲んだせいだとわかった。私の身体は、ほとんどバスタブに沈んでいた。

「ああ、よかった。早くお風呂から上がってください」

そう、あのぬいぐるみなのだが……何だか変だ。顔は確かに同じ点目だし、耳もそっくり返っているし、声を出す時、鼻がもくもく動くのだが……身体が違う。なんか、背が高くなってない？

バスローブを広げて立っている姿は、どう見ても人間だ。私よりも、少しだけ背も高い。しかも、ホテルの制服を着ているぞ。いつ成長したのだ⁉　というより、変身をした、と言った方がいいか。こいつめ、ついに正体を現したな！

「どうぞ、早くこれを着てください」

正体をもっと追求したい気持ちはあるのだが、いかんせん身体がうまく動かない。仕方なくバスローブを着せてもらう。そのまま、連行されるがごとくベッドへ直行。もぐりこむと、あ、なんかシーツすべすべだ。いつの間に取り替えたのか。素早い。素早すぎる。

頭をタオルでがしゅがしゅ拭かれて、ドライヤーまで当てられる。いやがおうにも向かい合うことになり、ぶた人間というか、ぬいぐるみ人間というか、何と言っていいのかわからないものをまじまじと見る羽目になる。怖いという感情は、なぜかマヒしていた。違う世界に迷い込んだみたいだった。

髪がパリパリに乾くまで、ぬいぐるみ人間は私から離れなかった。ドライヤーのスイッチが切られた時は、正直ほっとした。ああ、これで解放される——と思ったら、甘かった。

「さ、お水をどうぞ。水分取らないといけませんよ」

すぐにまたぬいぐるみ人間が、私にコップを差し出す。え、大丈夫なの？　さっきのカコナールみたいに、ペットボトルのミネラルウォーターとかがいいけど、喉がひどく渇いていることも否定できなくて、言われるまま、私はコップの水をぐびぐび飲み干してしまった。冷たくて甘くて、ことのほかおいしかったが、同時に「もうダメだ」という気分になった。どうダメかはまだわからないけれども、とりあえずベッドにどさっと横になる。

ぴとっと柔らかい布の手がおでこに触れる。

「熱、あまり変わりませんね」

わかるのか……やっぱり。

「一応測りますか？」

私は首を振る。さっきは下がってたのに、また上がっているのを見たら、ショックでもっと具合が悪くなりそうだ。

「ご注文のおかゆをお持ちしましたけど、食べられますか？」

ご注文？　注文なんかしたっけ？

「さっき冷えピタをお持ちした時、八時くらいに持ってきてくれ、とご注文なさいました」

ああ、そういえばそんなことも……言ったような、言わないような。全然憶えていない。ほとんどうわごとだったのではないだろうか。けど、そのおかげで死なないですんだのかも。こんなホテルのバスタブの中で死んだら、シャレにならない。本当にキングの小説みたいになってしまう。

それにしても、さっきから何だか変な音が聞こえるなあ、と思ったら……自分の腹の音だった。身体が空腹を訴えているのだ。

「お食べになりますね？」

私はうなずくしかなかった。

上半身を起こすと、ぬいぐるみ人間がクッションを持ってきて、背中のところに置いてくれた。その大きな身体は、抱き枕のように柔らかいの？　君が後ろで寝そべってくれれば充分な気がするが、それは言わないでおいた。

ダブルベッドの上にテーブルが置かれる。おお、憧れのベッドでの食事。ちょっと興奮するが、置かれるのはおかゆ。まるで入院中みたいだ。ちょっと悲しい。

「白がゆと岩のりがお好みだと聞きましたので――」

そんなこといつ言ったんだろう、俺……。本当に好物というか、家で風邪をひいたりすると、母親がおかゆを作ってくれて、それにいつも岩のり（というと高級そうだが、つまりは〝ごはんですよ〟とか〝江戸むらさき〟）が添えてあったのだ。梅干しやかつおぶしで食べる時もあったが、たいていはそれに落ち着く。

「ご自分で召し上がれますか？」

そんなの、大丈夫――と思って、レンゲを取ったが、手が震えていた。え、どうして？

顔を上げると、ぬいぐるみ人間の点目が、私の手を見つめていた。え、まさか。変なビーム出してない？　しかし、そう思えば思うほど、手はぶるぶる震える。レンゲが、おかゆの載ったお盆の上に落ちた。

「大丈夫ですか？」

いや、見られているからダメなのだ。どうして急に背が高くなったのか、ずっと裸だったのに、どうして急に制服着てるのか、いったい何の目的で、私につきまとうのか――ああ、これは立派なストーカーだ。言っていたことが本当になってしまった。

でも、ぬいぐるみ人間は、ゆっくりとレンゲを取り、おかゆを少しすくった。そして、ちょっと悩んでいるようだった。まさか……ふーふーしようかとか？

でも、実際はしたかどうか、よくわからなかった。ふーふーという音は聞こえなかったが……湯気は動いたような気がする。なんかまだ頭はぼんやりしているし、部屋も暗いからはっきり確認できなかった。野暮な蛍光灯なんて、ここのホテルにはない。間接照明だけなのだ。

「どうぞ」

差し出されるおかゆ。食べろってこと？　じっと見つめていると、ぬいぐるみ人間は穏やかな声で言う。

「あーんしてください」

そのセリフは、私に多大なショックを与えた。「あーんして」——子供の頃に母親に言われて以来、女性にそんなこと一度も言われたことがない、と思い当たってしまったからだ。それが、何の因果かこんなぬいぐるみ人間に言われて……ヒナのように口を開けている自分が情けない。

高熱が出ているにもかかわらず、おかゆはおいしかった。岩のりも、高級品だった。ただのおかゆが、こんなおいしいとは——知らないうちに土鍋一杯たいらげてしまった。塩味が少しついているような気もしたが、それは私が密かに流した涙の味だったのかもしれない。

次の日、目が覚めると、もう昼過ぎだった。夕べ寝たのは、九時頃だったろうか。寝る前に薬を飲み、そのままベッドへ倒れ込んだ。十二時間以上、夢も見ずに熟睡していたらしい。

いや、夢はたくさん見たように思う。どうも昨日から、夢なんだか現実なんだかわからない状態が続いているし。

でも、すっきりと目覚めることはできた。熱を測ってみると、もう平熱に戻っている。身体も軽い。咳も出ないし、鼻もつまっていない。風邪は退散してくれたようだ。おっかなびっくりシャワーを浴びても、気を失ったりしなかった。さっぱりしたところで、ルームサービスを頼む。

「すみません、梅きのこ雑炊一つ」

持ってきたのは、いつもルームサービスを運んできてくれる少し年配の男性だった。昨日のことが嘘のよう。悪夢の始まりは、このルームサービスからだったのだ。この梅きのこ雑炊を食べなかったから。

なので私は、雑炊をよーく味わって食べた。そして、猛然と原稿を書き始めた。

集中力が途切れたら少し眠り、お腹が減っていると気づけばルームサービスを頼んだ。おかゆの味が忘れられなかったので、和食ばかり。メニューからではなく「消化のいいものを」とか「すぐ食べられるものを」と頼むと、そのとおりのものが届く。身体に優しい味だった。

ただ、ルームサービスが来るたびに身構えていたのは事実だが——もうあのぬいぐるみも、ぬいぐるみ人間も現れなかった。

外は、私が原稿を書いている間に雪が溶けてなくなり、次第に例年通りの暖かい冬を取り戻していたらしいが、全然わからなかった。集中力が永遠に続くのではないかと思ったくらい、小説の世界に没頭していたのだ。

〆切まで一週間を切っていて、とても仕上がらないのではないか、と思った原稿は、結局〆切当日の夜、メールで送ることができた。

そこで私は、ようやく祝杯をあげた。酒を飲んでいたのも悪かったのか、と思って、ずっと我慢していたのだ。でも久しぶりの酒はすぐに回り、私はベッドにもぐりこんだ。うたた寝は怖いもの、というのも刷り込まれてしまったようだ。

だがその二時間後、私は電話の音で目を覚ました。あれ、ケータイの電源切れたままなのに——と思うと、ホテルの電話が鳴っていた。

「清風書房の江川さまからお電話です」

「あ、お願いします」

つないでもらうと、突然江川が叫んだ。

「熊野井先生！　面白いです！」

一瞬何のことかわからなかった。数秒後、さっき送った原稿のことだと気づく。

「今までにない切り口ですね！　大笑いさせてもらいました！」

「あのー……ホラーじゃないんですけど」

そうなのだ。結局書き上がったものは、ホラーとはほど遠いものだった。古い迷宮のようなホテルを舞台にした中年男性版「不思議の国のアリス」。中年にさしかかった男・有巣義男《ありすよしお》を導くのは、ぶたのぬいぐるみの顔を持った男、「ぶた桜」。うさぎならぬ、ぶただ。だが、彼はただのぶた、あるいはぬいぐるみではない。ホテルマンとしていつも着こなしている制服を脱げば、首から下は馬なのだ。桜＝馬ということで——まあ、乏しい発想から生まれた物語で、かなりはちゃめちゃになってしまった。でも、もういいやと思って書いたのだ。開き直ったら、面白いほど筆が進んだ。ラストのぶた桜のダービー出走シーンや土俵入りのシーンなど、泣いているのか書いているのかわからないほどだった。

「ホラーじゃなくても面白いですから！　ＯＫです！　ありがとうございました！　明日お迎えにあがります」

ああ……ようやく帰れる……。そう思ったら、電話を切ったとたん、涙がこぼれた。

怖かった……。ここ、怖いよ……。もう絶対来ない。絶対に泊まらない！

でも、食事くらいはしに来るかも。梅きのこ雑炊がなつかしくなるかもしれない。

次の日の朝十時に、江川が迎えに来てくれた。精算したら、金額いくらぐらいになるんだろうか……。この原稿、そんなに売れるかなあ。

ちょっと恐ろしくなって、フロントから少し離れたところで待っていたのだが——最後だと思うと、一つだけ、どうしても訊いてみたいことがあった。

コンシェルジュのデスクがすぐ近くにあったので、そこへ行ってみる。

「あの……お訊きしたいことがあるんですけど」

「はい。どのようなことでしょうか？」

落ち着いたロマンスグレーの男性は、とてもにこやかだった。

「僕が風邪をひいた時に世話をしてくれた方のお名前を知りたいんです」

「ああ、大変だったようですね。もうお身体は回復されましたか？」

ううう、このホテルはどんな情報も行き渡るのか。まさか「あーん」のことまで知っているんだろうか……そうでないことを祈ろう。

「はい、もう大丈夫です。で、あの……その時、あまりに作業が手早くて……とても一人とは思えなかったものですから、お名前が知りたい、と思って……」

　下手な言い訳をしてみる。ただ訊くだけだと苦情だと思われて、あとで謝りに来られても怖いので、カドが立たないように。

「一人、ですか？」

「はい」

　あ、本当は「一人」じゃないよな。人じゃないし。いや、人なのかな……何なんだろう？

「どのような人間でしたか？」

　コンシェルジュは、「人間」を強調したように思えた。え、まさかこの人もあのぬいぐるみ人間の存在を知っているのか？　ということは、ホテルの従業員も承知している……？

　まあ、別に悪いことされたわけじゃないし。鳥海の言うとおり、本当に親切だった。ストーカーになるかと思ったが、あの夜以来、姿を見ていない。だから、ああいうけったいな従業員がいても——おかしくないホテルではあるけれども。

「ええと……」

とても「顔がぬいぐるみで」と言う勇気はなかった。

「僕よりちょっと背が高い人だと思うんですけど……」

それでお茶を濁すと、

「ああ」

コンシェルジュが、にっこりと笑った。

「それは、飯塚です。フロントの者です。今は席をはずしておりますが」

その答えにほっとする。いても困るのだ。会うの、怖いから。ていうか、あれがフロントなの⁉　来た人、いきなりびっくりじゃないか。

「先生、お待たせしました。帰りましょう」

江川がやってくる。特にひきつった顔はしていないけど……大丈夫かな。

「じゃあ、その飯塚さんにお礼を伝えておいてください」

「承知いたしました。ご利用ありがとうございます。またお越しくださいませ」

「来ねぇよ（半べそ）」と言いたいところだったが、軽い会釈を返すだけにした。小市民ではあっても、最後くらいはスマートに帰りたいではないか。

結局その時の原稿『ありすの迷宮ホテル』は、ベストセラーとまでは行かないけれど、自分としては新記録の売り上げになった。重版が順調にかかっている。根強く売れているようで、私を気まぐれにグランドホテルへカンヅメにした出版社の思惑は当たったと言えるだろう。映画化の話も来ているが……本気か？

それから、多分出所は鳥海からだと思うが、あのホテルには「出る」という噂がさらに広がり、自腹でカンヅメをしに行った作家もいると聞いた。信じられない。私はあれ以来、近寄っていないのだ。ごはんくらい食べたいと思いつつ、まだまだトラウマから脱していない。そんなところに積極的に行くなんて……みんなどうかしてるよ。

おまけに「何も出ない」と文句まで言うなんて。正気か？　飯塚っていう、首から上がぶたのぬいぐるみのフロントがいるんだぞ。フロントだぞ。こんなわかりやすいことないのに……みんな、どうして気づかないんだろう。梅きのこ雑炊頼んだか？　風邪をひいたか？　岩のりのおかゆ食べたか？

そういう手順を踏んだ（？）ことについて、絶対私は言わなかった。それで誰かが見て、その話を聞くのも恐ろしい。「あーん」のことも言わないのだ。言わない。一生。絶対。

小さき者と大きな空～再び、春の物語

仕事を辞めてから、旅行に行くのなんて初めてだった。

車の運転は好きだが、あまり遠いと疲れる。香奈恵は、自然と以前よく行ったある方面へ向かっていた。

一人で行くのは初めてだし、部屋があるかどうかもわからない。春に行くのも初めてだ。いつもは必ず夏で、本当に毎年行っていたものだが――。

去年の春に入ってきた新しい女性の取締役と、秘書課の香奈恵は折り合いが悪く、暮れに会社を辞めざるをえない状況になってしまった。ほとんど目の敵《かたき》のようにされたのだ。面と向かっては何も言われなかったが、どうも香奈恵は彼女の大嫌いなタイプだったらしい。元々同性にはあまり好かれないタチだったが、ここまであからさまに扱われたのは初めてだった。

彼女に対して何も悪いことはしていない。人づてに彼女が言っていたこと――自分の性格の問題についても、多少ちゃっかりはしているかなぐらいは自覚していたが、仕事はちゃんとやっていた。その点は分けていたつもりだったが、伝わらなかったようだ。辞めなくてもよかったのかもしれないが、ちょうどその頃、その夏までつきあっていた男性が結婚した、という話を聞いたばかりだった。そのあとからなぜか落ち込みがひどく、どうにかしようと思う気力もなかったのだ。香奈恵にしては珍しいことだった。自分はとても前向きな人間だと思っていたのに。

彼——横田昭光は香奈恵と別れたあと、自ら望んで田舎へ戻った。最初は左遷ではないか、と噂をされたが、実は同窓会で再会した初恋の相手と結婚するために戻ったとあとで聞いた。成績不振だった営業所は、彼が赴任したとたん、売り上げを伸ばしている。

あたしから離れた人は、みんな幸せになるような気がする……。

落ち込みの原因はそれだった。他につきあっていた男性や、遠くに住んでいる友人——みんな、充実している。もちろん実態はわからないけれども、そう思えて仕方がない。

仕事を辞めて、結局冬の間はずっとそんなことを考えながら、ぼんやりと過ごした。暖かくなってきて、ようやく外出や仕事探しをしようという気になってきたが、今一つ気分が晴れない。親は特に文句を言わないが、孫の一人でも見たい、というのが本音らしい。それも無言の圧力のようで、居心地が悪かった。

思い切って一人暮らしをしようか、と今考えている。生活自体を変えるのだ。そうなると旅行も思うようにできないだろうし、車も実家へ置いていくことになるだろう。その前に、行ってみたかったのだ、どこかへ。

そして選んだのがグランドホテル。かつてつきあっていた人や友人と訪れたことのある有名な高級ホテルだ。夏のある時期になると流星が降るという。そして、それを見ることができたら幸せになれる、という伝説——というより、噂がある。それを信じて何度も流星を見たが、香奈恵は幸せにはなれなかった。今は誰かとつきあう気にもならない。独りぼっちだった。

ホテルは去年来た時と変わっていなかった。海に映える白亜の西洋館。まぶしいくらいだ。なのに、上品で重厚。夏の緑のかわりに、桜で彩られていた。ここに来る途中通った市街地でも、桜祭りが行われていた。そこここにソメイヨシノが咲き誇り、人でにぎわっている。ホテルの駐車場も、ほぼ満杯状態だった。

ロビーも人がたくさん行き交っている。〝夏の星祭り〟にも劣らないにぎわいだ。

何も調べずに来てしまったが――今日は何かあるんだろうか。

「あの、お部屋はありますか？」

一応フロントにたずねてみる。

「申し訳ありません、今日は満室となっております」

やはりそうか。香奈恵はがっくりと肩を落とす。ここまで運転してきたのに――バカみたいだ。

「何かあるんですか？　すごく混《こ》んでいるみたいですけど」

「はい。本日夕方から当ホテルでお芝居を上演することとなっておりますので、そのお客さまもいらっしゃっています」

桜祭りか……。確かにこんなに見事な桜が周辺にあるのなら、ここで優雅に花見をしたいと思う客はたくさんいるだろう。ちゃんと調べて来ればよかった、と後悔をする。

それにしても……お芝居？

「お芝居って、チケットないと見られませんか？」

せっかくここまで来たのだから、見て帰ろうか、という気分になった。

「当日券がございますよ」

「じゃあ、それをください」

内容も確かめずに、チケットを買う。『オセロー』だって。ええと……ゲーム？　いや、なんかあのー、シェイクスピアだっけ。読んだことも見たこともないので、ストーリーは全然知らないが。

ラウンジも混んでいたが、幸いにも座れたので、しばらくそこで長い運転の疲れを癒した。ここ、温泉もあったよね……日帰りで入れるプランとかなかったかなあ。

一人で行動することは、去年までしたくなかったことの一つだった。一人でお茶を飲んだり、一人で食事をしたり、一人で映画を見たり、一人でお酒を飲んだり――それのいくつかを最近やってみて、そんなにいやじゃないことに気づいた。今日は一人でホテルに泊まるつもりだったが、それは無理そう。でも、一人で観劇というのもやったことがなかった。面白いかどうかわからないが、初体験の一つだと思えば安いものだ。

会場は、一階奥のバンケットホールと書いてある。ここで結婚式をしてみたい、と思ったこともあったので、ちょっと見学させてもらったことがある。天井が高く、音響と照明の設備もあり、舞台の設置も可能、とは聞いていたが、実際に目にするのは初めてだ。

入ってみると、以前見たホールとはまったく違う空間が広がっていた。桟敷席こそないが、何だかヨーロッパの古い映画に出てくる大衆劇場のような雰囲気だ。椅子こそ結婚式に使うようなものであるが、立派な舞台が設けてある。

香奈恵の席は、後ろの方の端っこだった。少し段差も作ってあった。小さい舞台なので、充分見えるだろう。

人が続々と席におさまる。チケットと一緒にもらったチラシによると、この芝居は今夜限りのものらしい。一般のオーディションで選ばれた地元の人が主なキャストを務めている。でも、脚色と演出は朱雀雅だ。この名は香奈恵も知っている。厳しいので有名な演出家であり、芝居経験のない人を役者に仕立て上げるのが得意な人だ。無名な役者が出ている割に、めっぽう面白い舞台ばかり——というのは、友だちの受け売りであるが。

でもまあ、この場にいることで香奈恵はけっこう満足してしまっていた。何だか別世界に足を踏み入れたような、そんな気分になっていたからだ。

予鈴が鳴り、開演のベルも鳴り響く。照明が一つ一つ消され、音楽が高まっていく。

ふっと音楽がフェードアウトした時、真ん中にスポットライトが当たり、赤い幕の間から小さなものが出てきた。

　バレーボール大のぶたのぬいぐるみだ。ベレー帽のようなものを横っちょにかぶり、派手な軍服のようなコスプレをしている。え、これって人形劇なの？　でも……でも、自分で立って歩いているように見えるけど……。

　桜色のぶたのぬいぐるみは、マントをつまんで、気取った挨拶をした。

「みなさま、ようこそいらっしゃいました」

　少し客席がざわついているのが、香奈恵の席からだとよくわかった。自分も連れがいたら、きっと話しかけている。「ねえ、あれってロボット？」「小さいねえ」とかって。

「開演に当たりまして、いくつかのご注意を申し上げます。携帯電話、ＰＨＳ、ポケベルなどの電源はお切りくださいますように。時計のアラームなどにもご注意ください。私たちは万全のお稽古の上にこれから舞台に立ちますが、何しろ素人ですんで、わずかな音にもセリフを忘れてしまう恐れがあります。せっかくの舞台、頭真っ白になった汗びっしょりの素人を見るはめになりませんよう、どうかよろしくお願いいたします」

　客席に笑い声が起こった。いっしょうけんめい手足を動かし、鼻をもくもくさせて前説をしている姿はとてもかわいらしく、ユーモラスだった。どういう仕掛けなのだかまったくわからなかったが、そんなのどうでもいい。このぬいぐるみの登場で、一気に楽しもうという雰囲気が客席全体に生まれたように見えた。みんなごそごそとケータイの電源を切って、バッグの中にしまっている。

「自己紹介が遅れました。私の名前はイアーゴーと申します」

客席から「えー」と言う声が聞こえた。香奈恵は名前を言われてもわからないが、そんな「えー」なんて言われるような——役名なのかな？

「『えー』と言われるとは心外です！」

怒ってる怒ってる。ビーズの点目なのに、激しい怒りがありありとわかる。何だかおかしい。くすくす笑いが起こる。

「もしかして、私のことをオセローだと思っていた方もいらっしゃるのではありませんか？」

香奈恵は「うんうん」とうなずいた。いや、そのとおり思っていたわけではないが、そう考えても不思議はないな、と。

「それもまた心外です！」

香奈恵と同じようにうなずいていた人、たくさんいたから。

「ちなみにオセローとは私の上官。まれに見る勇気の持ち主との誉《ほま》れ高きムーア人の将軍であります。それと間違われるというのは、本来はよきことなのかもしれません。でも、私にとっては屈辱です。だって、私の方がずっとすごいし偉いから。なのに私は下っ端。しかも、今回こそ出世させてくれると思ったのに、別の人間を任命して、私は変わらぬ身分のまま。何とひどい人なんでしょう、オセローって奴は。私がいい子ぶってるからってそれに甘えてる！

『君はこの世で一番人畜無害な人間だね』

ってそれ、見た目そのまんまではないですか！」

　客席が笑い声に沸く。

「私はもっと内面を見てもらいたいのです。外見ではなく。見た目人畜無害で身体がこんなに小さくても、頭脳は明晰。回転も速いし、策略を巡らすことだって得意です。ポーカーフェイスにも自信があります」

　そりゃそうだ。点目だもん。

「軍隊には私のような人間は必要なはず。参謀としてかなり優秀であると自負しているのに、あのオセローったら、全然そこら辺評価してくれない！」

ぽすぽすと足を踏みならす。地団駄らしいけど、顔は点目のままだ。

「その上、若く美しく、しかも聡明で名高きデズデモーナまで嫁にもらって――私は先を越されてしまったのです！　ていうか、私これでも結婚してるんですけど、彼女が望むなら女房と別れる覚悟もあったのにー」

ひどい男だ。あんなにかわいいのに。

「私にこんなにひどい仕打ちをするあのオセローという男――許せません。幸い、彼は戦いには長《た》けていますが、基本的にとてもシンプルな思考の持ち主。私のこの狡猾《こうかつ》な頭脳にかなうわけがありません」

イアーゴーはマントで顔を隠すようにして、すっくと立った。

「復讐の始まりです。誰も私を疑うことはありません。私はかわいいぬいぐるみ。人を陥れるなんて、誰も思わないのです」

ぬいぐるみなのに、いや、だからこそ凄みのあるセリフだった。ぐいぐいと引き込まれていく。

「舞台はオセローの赴任地、サイプラス島。この美しい島で、悲劇は起こります――」

再びぬいぐるみが挨拶をする。スポットライトが消え、音楽が鳴り出す。

これだけでもう、チケットを買ってよかったと香奈恵は思っていた。ホテルの部屋が取れていたら、見なかったかもしれない。残念だった気持ちは、もうなくなった。わくわくした予感が、香奈恵を包んでいた。

暗転した舞台を見つめながら、寛子は、ずっとハラハラしっぱなしだった。まだ何も起こっていないのに。

いや、自分の娘と別れた夫が夫婦役を演《や》るという前代未聞の出来事に加え、動くぬいぐるみがなぜか自分を説得し始めたあの夜以来、寛子の心が落ち着く日はなかった、と言ってもいい。そんな夫婦役だなんて、しかも最後夫が妻を殺すなんて話、まだ高校生の娘には刺激が強すぎる！　反対に決まっていたが、ぬいぐるみ——山崎ぶたぶたにいろいろ言われているうちに、何だかわからず、うなずいてしまったのだ。

「お母さん、ありがとう！」

娘には満面の笑顔で抱きつかれ、

「寛子、すまん。本当にごめん」

結婚していた時には謝ることなんてなかった元夫から、頭を下げられた。ここで「やっぱなかったことに」とは言いにくい。

稽古の時は、いつも元夫が娘を送ってくれたが、何だか二人とも楽しそうだった。置いてけぼりにされた気分に、落ち込んだこともある。でも、どっちにしろ娘はもう十七歳。あと三年で成人だ。家から出して自立をさせなきゃ、と前から思っていたが、実は寛子の方こそ子離れに自信がなかった。そう自覚したのは、つい最近——この芝居のことがあってからだ。

ふっと舞台が明るくなった。幕は開いており、海に面した砦のようなセットの真ん中に、若くハンサムな男が一人立っている。遠くから、大砲のような音が聞こえた。

「船が着いたぞ！」

男が叫んでしばらくすると、若く美しい女性とそれに付き従うような少し年上の女性、軍服を着た男と、そしてぶたぶた——じゃなかった、イアーゴーが現れた。

「これはこれは、ご無事でしたか、デズデモーナさま」

ハンサムな男の名は、キャシオーだ。彼は美しい女性——オセローの妻、デズデモーナと握手をする。

「キャシオー、どうもありがとう。でも、私は夫の船が心配なの」

あれが我が娘？　さっき楽屋で見た時は、すごい厚化粧だと思ったけれども、衣装をつけ、照明に当たるととてもきれいだった。しかも、大人に見える。演技も自然で、「しごかれた」と言っていただけあって、セリフを棒読みしたりしていない。舞台の中で、ひときわ輝いている――というのは、ひいき目だろうか。圧倒的に目立っているのは、実はずっと小さなイアーゴーの方なのだが、我が娘も負けてはいない。

「あなたも心配でしょう、イアーゴー？」

別々の船に乗ったところ、嵐に巻き込まれて離ればなれになってしまったのだ。娘の台本を暗記するほど読んだし、稽古も見学したので、ストーリーはみんな知っている。

「そりゃもう。生きてはいけません。私はオセローさまに生かされているようなもの」

ああ、ぶたぶたが言うと説得力あるなあ。実物を知っているから、余計にそう思うのだろうが、他の人はどうだろう。娘の演技も、変に見えないだろうか。セリフ忘れたりしないかな。最後までちゃんとできるんだろうか……。

「大丈夫、将軍は強いお方だ。決して嵐になど負けません」

キャシオーがそう言うと、再び大砲の音が鳴る。袖の方から、

「将軍の船がお着きだー！」

と声がする。

寛子は倒れそうになるんじゃないかと思うくらいの動悸《どうき》に見舞われた。ついに元夫が出てくる。娘の夫役として。もう何が何だか。

元夫が、ローブのように衣装を優雅にひるがえしながら、登場した。デズデモーナが駆け寄る。うわ、あの顔——。

「ああ、オセローさま！　心配しましたわ」

「お父さん、お帰りなさーい」と言いそうな顔をしていたぞ。しかも小学生みたいな。

「こうして無事に会えて、私もうれしいよ、デズデモーナ」

二人は抱き合い、頬にキスをする。いや、もちろんキスは真似事なのだが、何だかもう恥ずかしくて、顔から火が出そうだった。

それにしても、娘ほど心配してはいなかったが、元夫——なかなかどうして、やるもんではないか。「他に演る人がいなかった」と言っていたけれども、娘同様しごかれたようだ。

二人は再会を喜び合い、城へ向かうため、キャシオーとともに退場する。二人がいなくなって、寛子は身体の力が抜けた。周りの迷惑にならないように、そっとため息をつく。客席にさりげなく目を配る。ちゃんと夫婦役に見えていただろうか。仲がとてもよさそうには見えていたが、自分には親子にしか見えない……。

「あなた、行かないの？」

もう一人の女性が、イアーゴーに声をかける。彼女の名前はエミリアで、デズデモーナの侍女であり、友人でもある。

「エミリア、お前は先に行け。私の女房として、奥さまをしっかりお守りするんだぞ」

「わかってますよ」

エミリアも退場し、残されたのは、イアーゴーとその友人というか利用されている男、ロダリーゴー。イアーゴーは、恐ろしいことをロダリーゴーに吹き込む。何と、デズデモーナとキャシオーが通じていると言うのだ。むろん、嘘なのだが。

「ええ〜、そんな〜」

ロダリーゴーはデズデモーナに恋をしていて、イアーゴーに頼みこんでここまで連れてきてもらっていた。

「あいつ、いたら邪魔だろ？　なんか不祥事起こして、ここにいられなくしたらどうだろう」

とイアーゴーに言われて、その気になるロダリーゴー。

お芝居だとわかっていながら、寛子はぶたぶたがそんなこと言うなんて、とちょっとショックだった。ほんとに、人を陥れるなんて、誰も思わないだろう。ロダリーゴーだって、自分のために骨折ってくれていると思っているのだ。

この二人のやりとり、極悪なのにおかしくて仕方がない。話す時も、人間なら向かい合って話したりするのだろうが、片方がぬいぐるみなので、抱き上げてみたり、背中によじ登ってみたり、放り投げてみたり——ただの点目の多彩な表情に、驚かされる。こんな感じでぬいぐるみを使う芸人がいたような気がするが、自分で動けるだけ数倍面白い。まるで生で特撮を見ているみたいだった。ぶたぶたのことを知っている自分だから、仕掛けも何もないとわかるが、他の観客はどう思っているのだろう。すごく不思議なお芝居だと考えているに違いない。どっちにしろ、もしかしてとても特別で、貴重なものをあたしたちは見てはいないか？

それにしても……デズデモーナとオセローの幸せそうな顔。離婚する前の幸せな頃を思い出すようだった。それがこれから、引き裂かれるのか……。

「悲劇が起こります」とぶたぶたが言った時、胸が痛んだ。離婚がどれだけ娘に傷を与えたのか、というのはずっと考えていたことだったからだ。娘は、父親のことが大好きだったから。離婚のことを言い出した時、単身赴任でほとんど一緒に暮らしていなかったこともあり、母親と一緒に暮らすことに納得をしていたようだったが、本音ではどうだったのだろう。怖くてとても訊けないけれども。

壊れた関係は元には戻らない。復縁が絶対ありえない、とは言えないが、可能性はほとんどないだろう。どちらにしろ、形を昔のように整えても、元通りにはならないのだ。でも、二人が父子であることには変わりない。壊れないものもあるのだ。寛子には、二人がこの芝居をきっかけに、新しい関係を手に入れたように見えた。

いつまでも、あの子は子供じゃないんだ。

それがうれしくもあり、淋しくもあった。でもそれを自覚することで、自分も二人に近づけた気がしていた。自分も娘から自立しなくちゃ。その時、怖くてたずねられなかったことを、笑って話せるようになるかもしれない。

イアーゴーがキャシオーに強引に酒をすすめている。

「ダメなんだ、俺、あんまり飲めなくて」

「そんなー、私がダメならわかるけど、君がダメだなんて信じられないなあ」

そりゃぬいぐるみは飲めないだろう、と思ったが、召使いが運んできたビールの大きなジョッキをイアーゴーは手に取った。

そしてテーブルの上に立ち、腰に手を当てて、まるで牛乳を飲むかのように、一気に飲み干した。

鳥海はあっけに取られる。だいたいジョッキを持てること自体が奇跡だ。身体の大きさとほぼ変わらないぞ。それにあれ、本物だ。いや、一見ビールのノンアルコール飲料かもしれないが、中に液体がちゃんと注いである。ジョッキ、透明だったし、汗かいてたし。中生くらいのサイズだ。それを一気飲み。トイレ行きたくなったらどうするんだ。トイレ？　トイレ行くのかな？　いやそれ以前に、お腹からしみ出さないか？　キャシオーもビールを飲むが、透明じゃないジョッキで、しかも飲むふりバレバレである。ちゃんと飲んだのは、ぬいぐるみだけ。しかし、何ごともなかったかのようにセリフを言い続ける。お腹にシミもできてない。

見事なマジックだ。素晴らしい。鳥海は感動していた。来てよかった。これ、ほんとに生の芝居？　そう見えてるだけで、実はＣＧバリバリの映像作品じゃないのか？

ああ、熊野井に話したい、メールしたい。けど、今はそんなヒマないし、ケータイの電源も切ってある。とりあえず、よーく目に焼き付けておかなければ。

もうほんとに、来ればよかったのにな、あいつ。

この芝居というか、桜祭りのことは、ネットで知った。花見の場所を調べるために検索をかけたら、出てきたのだ。グランドホテルに泊まって、花見とはなかなかおつではないか。

さっそく熊野井を誘ったが、

「絶対に行かない」

と言う。

「あそこは怖いから、やだ」

「怖いって……熱が出て、変な夢見ただけかもしれないじゃないか」

「違うね。夢じゃないんだ、あれは。現実に見たんだよ。本物のぶた桜を……いや、本当はどんな名前か知らないけど」

そして彼は滔々《とうとう》と語り出す。いかにあれが怖く、そして（なぜか）いかに親切な存在だったか。何度聞いても面白いなあ。

仕方ないので、熊野井を誘うのはあきらめる。ガールフレンドも今いないし、一人で泊まるのはつまらないが、とりあえず部屋の状況を確認するだけしてみたらば——。

「小さいお部屋でしたら、ご準備できますが」

この時期、部屋を取るのは夏同様に大変らしいが、たまたまその時は空いていたのだ。オーシャンビューではないというが、この際それはどうでもよかったりする。

えー、でもどうしようかな……でも断るのももったいないな……何か他に泊まる決定的な要素というのはないだろうか——。

その時、鳥海は思い出す。

「あの、すみません。あなたのお名前を教えていただけますか？」

「私ですか？　私は飯塚と申します」

よっしゃ、と思ったが、まだ足りない。

「あの、僕の友人が飯塚さんには大変お世話になっていたと言ってましたよ。ぜひ僕もお話ししたいな。桜祭りの時はいらっしゃるんですか？」

「はい。連日ではありませんが、お客さまがご指定した日はお芝居がありますので、一日勤務しております。何かありましたらお声かけください」

鳥海はそれが決め手となって、部屋を取った。そのあと、いろいろ誘ってみたが、みんな都合がうまく合わなかったので、結局一人で泊まることになった。昼間は友だちとドライブがてら花見をし、ホテルに帰る。夜はヒマなので、その芝居とやらを見てみるか、ということになったのである。

そして、飯塚に会ったのだが——彼は、ごく普通の人間だった。顔はぶたのぬいぐるみなんかじゃなかったのだ。だが、彼は熊野井のことを憶えていた。

「お風邪の時に、お世話しました」

「なんか一人ですごい手早く世話してくれたって言ってましたよ」

「あ、いえ。お熱出してらっしゃったので、よくわからなかったのかもしれませんが、もう一人スタッフがおりましたよ」

それがどんな者か、彼は説明しなかったが、これでわかった。あのイアーゴーだったのだ。熱のせいとはいえ、ものすごい混同。最初に熊野井が電話で言ってきたことこそが、本当だったのだ。

舞台の上では、ロダリーゴーが酔ったキャシオーをけしかけ、けんかが始まる。イアーゴーが「まあまあ」と止めに入るが、ポイッてされる。まあ、イアーゴーなら仲裁を装うことは計算だろうが、あれでは本当に役に立たない。だから他に止めに入った人が、キャシオーに切られてしまった。ロダリーゴーが大騒ぎをしながらその場から退場し、イアーゴーもポイッてされながらこれみよがしに、

「キャシオー、やめないか！」

と叫びまくる。当然、オセローやデズデモーナもやってきて、キャシオーは怒られた上に、せっかく就任した隊長の任を解かれてしまう。つまりはそれこそ、イアーゴーが望んでいた地位にほかならないのだが。

　懇願してもオセローは許してくれないまま、デズデモーナとともに退場してしまう。嘆くキャシオー。そこにイアーゴーが悪魔のようにささやく。人畜無害のかわいらしい点目で。桜色の小さな身体で。

「デズデモーナさまにご相談すればいいのだ。あの方の言うことならば、オセローさまも聞くだろう。彼女に説得してもらうのだ」

「おお、そうか。それは名案だ。ありがとう、イアーゴー！　君は本当に親切な男だ！」

　あーあ。だまされちゃったよ。『オセロー』って筋は知っているつもりだったけど、

登場人物ってけっこう純朴だ。その中で結局、一人だけ腹黒いのがイアーゴーだが、あの外見ではなかなか悟られない。絶妙なキャスティングだ。

そうだ。可能ならば、あとであのイアーゴーと写真撮らせてもらおう。それを写メールで熊野井に送っちゃおう。どれだけ驚くことだろうか。あんなにかわいいのに、どうして怖いなんて思うんだろうなあ。変わった奴だ。

久しぶりの夫婦そろっての外出だった。

昼間はグランドホテル裏の森の中にある山桜の大木の下で、利香の作った弁当を食べた。義成は配達でよくここら辺を回っているだけあって、とっときの場所を知っていたのだ。訪れている人もいたが、本当に近所の人だけ。すぐに仲良くなって、みんなで弁当やお茶を分け合った。これからハイキングを続ける人や、車で来ている人ばかりだったので、お酒を飲むようなこともなく、穏やかな花見だった。

義成の母が倒れたのと、利香が子供を産んだのはほぼ同時期。それからてんてこ舞いだったが、東京に出ていた義成の姉、織が戻ってきてくれたおかげでみんながまとまり、母もすっかり回復した。娘の萌はかわいい盛りで、今頃はおじいちゃんおばあちゃんの家で楽しく遊んでいることだろう。

　そして今、その織が演出助手をした舞台を見に来ていた。二人で観劇するなんて、初めてのことだ。しかもグランドホテルで。

「『オセロー』って知ってる？」

「いや、知らない。姉貴が本貸してくれたけど、まだ読んでないんだ」

「あたしもよく知らないけど……大丈夫かなあ」

　始まる前は二人で心配していたが、いきなりぬいぐるみが出てきて、あっけにとられた。あのぬいぐるみは、本物なの？　どういうこと？

　義成に訊こうと横を向くと、

「そうか……」

　暗転している間に、彼はつぶやく。

「何？」

「姉貴がこれに関わる前に言ってた。ぬいぐるみの人のこと」

「え、織ちゃんが？」

　だが、満足に訊けないまま、舞台は明るくなり、芝居は続いていく。いちいちかわいいぬいぐるみの仕草と、他の人たちの素人とは思えない演技に次第に引き込まれる。特にデズデモーナ。とても美しい。横顔にちょっと幼さを残しているのがまた可憐だ。花屋なのに、花束も持たずに来て後悔してしまった。ぜひあの子とぬいぐるみに自分の作ったブーケをあげたい、と利香は思った。

しかし、物語は次第に悲劇の色を帯び始める。

キャシオーはデズデモーナに口添えをしてもらえるように頼みこむ。イアーゴーはオセローを連れ出すから、デズデモーナと静かに話せ、と提案し、キャシオーに感謝されるが、それももちろん策略だ。話し込んでいるところにオセローを連れてきて、ばつの悪くなったキャシオーが急いで立ち去るところを見せるのだ。それを不審の目で追うオセロー。

「オセローさま、キャシオーのこと、許してあげてくださいな」

優しいデズデモーナは、友人としてキャシオーのことに心を砕く。話せばオセローもわかってくれる、と思うのだ。だが、キャシオーの様子が気にくわないオセローは「あとで話そう」とその場をおさめる。

デズデモーナとエミリアが退場したあと、イアーゴーが思わせぶりなことを言い始める。もちろん、デズデモーナとキャシオーの秘密の仲について、だ。嘘だけど。

「いえ、何でもありません、ですがどうしてキャシオー、あんなふうに――」

とか、

「気にしないでください。私の想像です。でも、まさかあいつ――」

とか、

「人間、嫉妬ほどみにくいものはございません」

とか。

聞けば、デズデモーナは父親に結婚を反対されることがわかっていたので、オセローとは駆け落ち同然で結婚したという。既成事実を作るまで、父親には悟られなかったというのだ。

「デズデモーナさまは、そういう見せかけに慣れたお方ですので――あ、申し訳ありません、言葉が過ぎました」

イアーゴー、しゅんとなる。小さな身体をより小さくさせてうつむいている姿には、「ごめん、こっちが悪かった」と言いたくなるようだった。

だから、オセローは彼が根拠もなくそういうことを言っているとは思わないのだ。あの二人、何かある。そんな気持ちが根付いてしまった。そのあと、デズデモーナが話しかけても、うつろな返事しかできない。その姿にデズデモーナも動揺する。オセローからのプレゼントである大切なハンカチを落としたことも気づかぬくらい。

利香たち夫婦も、今は仲がいいと言われているが、こうなるまでいろいろあった。オセローのように疑心暗鬼になったことは、一度や二度ではない。デズデモーナは若いからわかるが、どう見ても中年のくせにオセロー、まだまだうぶだな。ふっ、と利香は余裕の笑みをもらす。

もっとはっきり訊けばいいのに、とやきもきするが、それはそれで……何しろ、そうやって何度もぶっ壊れたのが利香と義成なのだ。何を言われても、何を言っても、信じられない信じない。結局はそういうことだ。どんなに本音で話し合いをしたって、相手を信じることができなければ、壊れる方にしか行かないのだ。

オセローとデズデモーナに子供がいたらどうだったんだろうか。新婚のようだから、いないのは仕方ないが、利香たちの場合、娘の萌に助けられたところがある。結婚にこぎつけたはいいが、昔のくせが抜けず、ケンカばかりしていた。萌が生まれたあともそうだったのだが、ある日たまたま利香が口にした言葉がきっかけで、変わった。それは、義成が何度目かの禁煙を約束した時のことだ。

「それ、あたしじゃなくて、萌に約束して」

義成は言葉に詰まる。いつもなら、「ああ、するする」と返事はするが、決して守らないのに。

「萌に『禁煙する』と約束して」

ためらった末にうなずいた義成は、本当にタバコをやめたのだ。それ以来、お互いに萌に誓って約束や話し合いをするようになった。萌を裏切ることはできないから、できないことを「できる」とは言わないし、「やる」と言ったことは守る。萌にも同じことを胸を張って教えられるように。

その時、初めて自分たちが親になれたような気がした。「子はかすがい」という言葉を実感したものだ。

子供じゃなくても、何か信じられるものがオセローとデズデモーナにあったらな、と思う。イアーゴーが悪役じゃなくて、本当に素晴らしい人柄だったら、どんなにかいいだろう。あのぬいぐるみ、素《す》に戻るとどんな人なんだろうな……。

いや、本物のぬいぐるみなのか、何か仕掛けがあるのか、いまだにわからないけれども。あとで義姉に訊いてみなくちゃ。

デズデモーナが落とした大事なハンカチを拾ったエミリアは、それを夫のイアーゴーに奪われてしまう。本当は刺繍《ししゅう》を写し取ったものを代わりにしようと思っていたのだが。エミリアはイアーゴーがあまり性根のいい奴ではないとわかっているようだが、恩義のあるオセローやデズデモーナを陥れるほど腐ってはいないと思っているようだ。ほんと、イアーゴー以外はやきもきするくらいいい人ばかり。素人ばかりのキャスティングは正直どうかな、と思ったが、さすが朱雀雅だ。ますます熊野井がここにいないことが悔やまれる。

ところが鳥海は、その後の展開で、やはり彼がいなくてよかった、と思い直す。イアーゴーは「ハンカチをキャシオーが使っていた」とオセローに嘘を吹き込む。その上、妙に生々しいことを言い出すのだ。

「たまたまキャシオーが私と同室になった時、寝言を聞いたのです。『デズデモーナ！　愛《いと》しい人！』そして私を抱きしめ、接吻をしたのです！」

「……ずいぶんと大きさは違うようだが」

あっ、オセローが突っ込んだ、と笑いが起こる。

「まあ、寝ぼけてましたから」

イアーゴー、軽くいなす。

「しかし、その激しさたるや、もう――」

「どんなふうだったのだ？」

「オセローさま、私を抱きしめてください」

何だかドキッとするセリフだが、そう言われたオセローは、おそるおそるイアーゴーがつぶれないように抱きしめる――というより、抱き上げた。

「もっと激しくです！」

オセローがぎゅっとイアーゴーを抱くと、ほとんど身体がつぶれてしまう、だが、顔はまだ無事だ。

「もっとです、もっと！　丸められたパンのように抱きしめてください！」

何だかよくわからないことを言うイアーゴーだったが、オセローは言われたとおりに両手でイアーゴーを丸め始める。その容赦のなさに、客席がどよめく。鳥海も思わず

「おおー」と声が出る。

イアーゴーは、小学生が給食の食パンで遊ぶかのごとく丸められ、オセローの手の上に乗ってしまった。鼻も耳もつぶれ、手足も動かない。本当にバレーボールのようだった。

そして次の瞬間、

「ぶわーっ！」

と止めた息を吐き出すみたいな大声を上げて、元に戻った。客席は笑い声と拍手と、再びのどよめきに沸く。イアーゴーは、そのままオセローの手の上で叫ぶ。

「こんな抱擁が一晩中続いたのです！」

それ、抱擁と違う――と突っ込みたかったが、オセローは「おおおお」とショックを受けている。もうすっかり妻の不義を信じ込んでいるようだ。

いや、ちょっと今のは驚いた。やっぱり熊野井はダメかもしれない。かわいいけど、鳥海ですら少し怖いくらいだったから。丸められてボールのようになった時は、ドキドキしてしまった。苦しいんじゃないか、いやそれより元に戻らないんじゃないか、と思って。元に戻った時の大きな声にも、情けないことだかびっくりした。あんなにかわいいのに怖がっていた熊野井の気持ちが、少しだけわかった気がした。

ま、乗り終わったジェットコースターみたいなもので、過ぎてしまえばなんてことはないのだが。ところが熊野井は、それをなかなか忘れられない性分らしいのだ。そうじゃなければ一応作家なんだから、好奇心が勝つに決まっている。ただ、そのトラウマを商売にできるところがあいつの強みだ。作家としての好奇心より勝るものなんだから、そりゃ掘り下げればネタにもなる。

これを見ていたら、新たなトラウマになったかなあ。また新しい小説が読めたかもしれない、と思うとある意味残念だった。鳥海は熊野井のファンだから。

帰って話した時、うらやましがるか、そこにいなくてほっとするか——いったいどっちだろう。でも、これは話すだけでも怖がるんだろうな。写メールも見せたら、もしかして、ショックで死んじゃうかもしれない。ますます楽しみになってきたぞ。

最初のうちはキャストの素顔が重なり、落ち着いて見られなかった寛子だったが、時間がたつにつれ、だいぶストーリーの中に入りこんできた。オセローもデズデモーナも、元夫や娘とは別人として見られる。お芝居を楽しむ余裕が出てきたのだ。

イアーゴーはエミリアから奪ったハンカチをキャシオーの部屋に置いておく。キャシオーのガールフレンド、ビアンカがそれを見つけて怒るが、彼はすでに彼女と別れようと思っているので気にも止めない。

それを見届けたイアーゴーは次に手を進める。

「オセローさま……残念ですがキャシオーが、デズデモーナさまのことを……あんなにひどく言うとは……」

ぬいぐるみなのに、すっかり苦悩に満ちた表情が板についてしまったイアーゴーである。

「いったい何を言ったのだ⁉」

「それはあやつの口から直接お聞きになった方がよろしいでしょう」

イアーゴーはキャシオーを呼び出し、彼のガールフレンドについてたずねる。

「噂を聞いたよ。彼女があちこちで言いふらしているらしいね。君と結婚するって」

「何を言ってるんだ、イアーゴー！　俺があんな女と結婚するだなんて！　冗談言わないでくれよ。あんな尻の軽い女、ごめんだね」

物陰で盗み聞いていたオセローがショックを受けて身悶《みもだ》えている。古典的なしかけであるが、誤解とはこれくらいささいな勘違いからも生まれる。

娘から聞いたが、『オセロー』はシェイクスピアの四大悲劇の中でも異色作で、

「とってもドメスティックなんだって」

「……つぐみ、意味わかってんの？」

「ううん。お父さんと杉山さんが話してるのを聞いたの。『ドメスティック』って何？」

「『家庭的』ってことだよ」

「うお、そうか。ＤＶ！　ドメスティック・バイオレンスってそういう意味なんだね！」

女子高生らしいというより子供のような娘の言葉にあきれるとともに、そう言われてみれば、誰にでもどこにでも起きるような話であることは確かだった。

「でも、君に惚れているんだろう？」

冷やかすように、イアーゴーはキャシオーの足をつんつん突っつく。キャシオー、大げさによろける真似をする。

「いやあ、参ったな。君にはかなわない。そりゃ確かにね。俺も楽しんだことは確かだけど、結婚とかそういうのの相手じゃないな。彼女一人でのぼせてるだけさ」

オセロー、泣きそうな顔で天をあおぐ。

「ちょっとキャシオー！」

ビアンカが突然登場する。すごく怒っているようだ。

「話は終わってないのよ、このハンカチは何⁉」

「おおっ、あれは私がデズデモーナに贈ったハンカチ！　大切な大切な、思い出のハンカチ！」

そんなに大きな声で言ったら、みんなに丸聞こえだ。

「拾ったとか部屋にいつの間にかあったとかいいかげんなこと言って――あたしをバカにするのもいい加減にしてちょうだい！　このハンカチの持ち主とよろしくやればいいんだわ！」

ビアンカ、ハンカチを投げ捨て、立ち去る。キャシオー、ハンカチを拾いながら首を傾げる。

「何怒ってるんだろう……？」

「追いかけた方がいいよ。何言いふらされるかわからないから」

もうキャシオーに余計な話をさせるわけにはいかないので、イアーゴーは退場をうながす。

「そうだな」

オセローはキャシオーがいなくなったのにも気づかず、放心状態だ。すっかりイアーゴーの術中にはまっていた。

「おお、あの売女《ばいた》め——！」

この間まで愛していた妻をそんなふうに呼ぶオセローの姿に、寛子は切なく思う。あれだけ憎むということは、愛も深かったはず。オセローの行動や思考パターンは短絡的と言えなくもないが、自分が実際にそういう状況に置かれた時、彼とは違う冷静な判断ができるかどうかは誰にもわからない。それに、あんなに憎むほど、人を愛したことあるだろうか、自分は——と、元夫を目の前にして、そんなことを考えるのはどうかと思うが。

そこまでではないにしても、楽しかった日々が突然味気なくなることや、自分の関心からその人が次第にはずれていくことは、充分に経験した。オセローほど激しくないにしても、そこにも確かに愛はあったはず。その喪失感は、今思い出しても心の底が冷たくなるようだった。

「おのれ、美しい悪魔め——！」

だがオセローの喪失感、そして絶望は、イアーゴーによって作られたものなのだ。

「私は裏切られたオセローさまのために尽くすことを誓います」

イアーゴーは静かにひざまずいて言う。ぎゅっと身体を丸め、天に祈る。何と罰当たりなのだろうか。

「イアーゴー、お前は、キャシオーを亡き者にするのだ」

「御意に。でも、デズデモーナさまの命は――」

「あいつは俺の手で地獄に堕《お》とす」

今の彼は、誰が何と言っても、その決心を貫こうとするだろう。誰にでも、そういうことはある。それが正しいか間違っているかだけだ。

自分は今のところ間違ってはいないと思うけれども――そんなの、死ぬまでわからないなあ、と寛子はそっとため息をついた。ただ、自分はまだ人の話を聞くことはできそうだった。あの混乱した状況でも、ぶたぶたの話だけは聞いた。いや、聞いたのかな？

何となくうなずいてしまっただけだったが、間違ってはいなかったと思う。

だって、彼は本当は、イアーゴーじゃないしね。でも、自分とオセローの違いは、そこだけなのかも、と思うと、ちょっとぞっとした。

未来は、開演前の楽屋につぐみを訪ねるかどうしようか迷っていた。

つぐみが「デズデモーナ役を演る」と電話で言ってきた時は、正直ほっとした。感情にまかせてああ言ってしまったが、あれではもう、絶交になってしまう、と思って、後悔していたのだ。つぐみが自分からデズデモーナを演ると決心することはないと思っていたから。ああ見えて、頑固な子なのだ。一度言ったことは、めったに撤回しない。

だからつぐみとまた友だちに戻れて、未来はとてもうれしかった。自分が選ばれなかったことはくやしく悲しいことではあったが、つぐみに甘えていた自分を振り返ることもできた。自分一人でオーディションに行ける勇気があれば、つぐみを巻き込むこともなかったのだから。あの時ほどの後悔もしなかったはずだ。

でもそれ以来、何となく距離ができてしまったことも確かだった。つぐみも自分に遠慮している。学校で話はするけれども、お互いに様子を探りながら、というのが何とも歯がゆかった。稽古の話など、意識的に避けているのがわかるのだ。本当は見学に行ってみたかったのだが、どちらも口に出せないまま、本番の日を迎えてしまった。

未来は、小さなブーケを持ってホテルにやってきた。つぐみに渡そうと思ったのだ。

楽屋に行って渡そうか、受付に託すか、あるいは最後の舞台挨拶の時に渡すか。

未来は、舞台を見に行っても、好きな俳優さんに花を渡すことがいつもできなくて、何度か持ち帰ってしまっていた。今は、受付に託すのを常にしている。誰からかわからなくても、握手などができなくてもかまわない。あたしから花をもらったって、その他大勢の一人だもの……。

でもつぐみは友だちだ。だから、始まる前に楽屋へ行こうと思ったが、周辺はぴりぴりとしていて、とても訪ねられる雰囲気ではなかった。人がみな忙しそうにしていて、未来には目もくれない。やっぱり本物の舞台って違う……。それに憧れている未来には、ますます近寄りがたいものだった。

受付に預けよう。いつものように、カードはなし。きっとつぐみはわかってくれるだろう。それで充分だ。

受付に戻る途中、背後から「あ」という小さな声を聞いたような気がした。振り向くと、誰もいない……。廊下の真ん中には、桜色のぶたのぬいぐるみが立っている。立ってる？　なぜ？

「もしかして、つぐみさんのお友だちですか？」

ぬいぐるみが鼻先をもくもく動かすと、おじさんの声が聞こえた。

「お花、つぐみさん宛ですか？」

ぬいぐるみがとことこと近寄り出すと、そんな声が聞こえた。

「つぐみさんのところまで、案内しましょうか？」

びっくりして、未来はその場から駆けだした。何であたしがつぐみの友だちだって知ってるの？　しかもぬいぐるみ……小さかった。古ぼけてて、右耳がそっくり返っててくるの？

……誰かの大切な落とし物みたいだった。それがどうして、あたしになんか声をかけてくるの？

ドキドキが治まらないまま、未来は客席に戻った。受付に寄ることなど、すっかり忘れていた。

「どうしたの？　お花渡せなかったの？」

母親についてきてもらえばよかった、と後悔する。でも、なるべく一人でやらないと、と最近思っているのだ。それが裏目に出てしまった。

「うん……」

「じゃあ、最後のご挨拶の時に渡せばいいよ」

一応うなずいたが、どうせまた、母親が代わりに持っていくことになるのだ。出鼻をくじかれて、未来はみじめな気持ちだった。

でも舞台が始まって、その気持ちは驚きによって吹き飛ばされた。最初に出てきたぬいぐるみは、さっき未来に声をかけたものだった。衣装をつけて、というより、コスプレにしか見えないけど、声と点目は同じ。わけがわからない状況に目を白黒させながら、次第に舞台に引き込まれていく。今まで見たどの舞台より、不思議で楽しくて、わくわくする。

つぐみのデズデモーナはうっとりするくらいきれいだった。演技も、経験がないとは思えない。何をするのも自然に見える。相手役のオセローは彼女の本当のお父さんなのだが、そのせいか最初のうちの二人の間の空気がとても優しく、温かい。その後の悲劇を考えると、切なくなるような幸福感にあふれていた。

夢中で見入っているうちに、物語は終盤にさしかかってくる。

オセローはついにデズデモーナに問いただすが、彼女の言うことを全然信じない。

人が変わってしまった夫の姿に、デズデモーナは心から悲しむ。何度も夫から悪魔と呼ばれても、

「私はあなたの妻です。身も心も捧げた誠実な妻です。神に誓って嘘など言いません。信じてください！」

そう必死に訴えるデズデモーナがかわいそうで、未来は涙をこぼした。つぐみを選んだ朱雀の目に狂いはなかったと思う。自分はまだ高校生で、そんな偉そうなことは言えないが、彼女だからこそ、このひたむきなデズデモーナができたのだ。

泣いていたけれども、未来はうれしくもあった。いい舞台は、未来の気持ちを明るく浄化してくれる。勇気を与えてくれる。落ち込みも吹っ飛ばす。今目の前にいるつぐみは、デズデモーナなのだ。友だちではなく、自分を元気にしてくれる素敵な女優さんだった。

が、ついに悲劇はクライマックスへ――。

イアーゴーは、「デズデモーナに会いたい」とすねるロダリーゴーに、

「このままではオセローたちは別地に赴任してしまう。キャシオーをここの隊長に据え、すぐに旅立てとの達しが来ているから、引き留めるために、何か騒ぎを起こせ。たとえば、キャシオーが死ねば、オセローはここをしばらく動けなくなる」

しかしそれは、ロダリーゴーとキャシオー両方を相討ちさせようという卑劣な計画で

もあった。

でも、ロダリーゴー、あっさり失敗。だって、キャシオーの方が強いのだ。二人とも負傷して倒れているところにイアーゴーが現れる。

「どうしたキャシオー、大丈夫か！　おお、この人殺し！　こうしてくれるー！」

小さな身体で落っこちていたキャシオーの大きな剣を振り上げ、ロダリーゴーを刺し殺すイアーゴー。刺すというより、包丁で何か切っているように見えて、悲惨なシーンなのについ笑ってしまう。

「ひ、ひどいよ、イアーゴー……」

ロダリーゴーはそう言って息絶える。

その騒ぎを遠くに聞き、キャシオーが死んだと思うオセローは、そのことをデズデモーナに告げる。

「そんな……！」

友人の死を悼み、デスデモーナは泣き崩れる。だが、それを愛人を亡くした嘆きだと思うオセロー。いくら彼女が否定しても、受け入れることはもうできない。ついにオセローは彼女の細い首に手をかけた。

「お願い、私の話をもう一度聞いて！　昔のあなたに戻って！」

デズデモーナの叫びも虚しく、彼女は絶命する。ベッドから半身を乗り出し、静かな死に顔を観客に見せる。客席はしん、と静まりかえっていた。これがすべて、あの人畜無害のぬいぐるみが仕組んだこと——憎いというより、恐ろしかった。いくら卑劣なことをしていても、外見はあんなにかわいらしい。それが変わらないのが怖いのだ。

異変に気づき部屋に飛び込んできたエミリアが、オセローをなじる。

「悪魔はあなたよ！　奥さまは何も悪いことをしていないのに！」

「でも、この女は私を欺いていた。イアーゴーが、お前の亭主が教えてくれたのだ。キャシオーと不義を犯していたと」

「それは——嘘よ！　そんな浅はかな嘘を信じるなんて……それで奥さまを殺すなんて……誰か来て！　人殺しよ、人殺し！」

役人たちとイアーゴーが駆けつける。エミリアは亭主を涙ながらになじる。

「あんたは何てひどい人なの！　こんなそそのかしをして、何が楽しいの!?」

「うるさい。お前は黙ってろ」

怒鳴るのではなく、低い声でぬいぐるみはそう言った。未来の背筋はぞっとする。

「そそのかしではない。みな本当のことなのだ。デズデモーナはキャシオーへ大切なハンカチを捧げている。私が贈った思い出の品を」

オセローの言葉に、エミリアがショックを受けたようによろける。

「それは……それは違うわ！」

「黙れ！」

エミリアは、亭主の鼻をぎゅっとつかんだ。そして、その鼻を持ったまま、訴え続ける。

「そのハンカチは、奥さまが落としたのです。それを私が拾い、この亭主が持っていったんです……。何に使うかなんて知らずに……」

ぐるぐる振り回されたイアーゴーはもがいて女房の手から離れ、デズデモーナが横たわるベッドにぽーんと落ちる。だがすぐに起き上がり、

「こんな女の言うことなど、信じてはなりません！　すべてこの男が仕組んだこと！」

「私を信じて！　嘘は申しません！」

「黙ってろ、黙れ！　売女！」

イアーゴーはエミリアを、どこから出したのか身体半分くらいのナイフで刺す。くず

おれるエミリア。そして、

「とおっ！」

ベッドをトランポリンのようにして床に飛び降り、そのまままくるくるくるっとボールのように転がりながら、一気に袖へと飛び込む。それを追って、役人二人が走り去った。

オセローは自分のやったことをようやく悟る。だがもう、デズデモーナは還らない。彼女を抱きしめ、嘆き悲しむ。

「ああ、デズデモーナ、死んでしまったのか！　俺が手を――俺が手をかけて――！」

オセローの鬼気迫る嘆きように、未来はまた涙を流した。

役人によって、イアーゴーが連れてこられる。紐でぐるぐる巻きにされ、首根っこを持たれているのが、シリアスなシーンなのに笑いを誘う。オセローは彼に向かって叫ぶ。

「この人でなし！」

いや、ぬいぐるみなので、言葉のとおりではあるのだが――。

オセローはイアーゴーにつかみかかる。鼻や耳をむちゃくちゃひっぱるが、

「全然痛くありません」

と涼しい点目で言われて、さらに逆上するが、役人たちに止められる。

そこへ杖をついたキャシオーが現れる。

「ロダリーゴーが息を吹き返しました。彼がすべて白状しましたよ。君の罪はもう明らかだ、イアーゴー」

「何もかも私から聞こうとするな。私はただのかわいいぬいぐるみ。ぬいぐるみはぬいぐるみらしく、もう何も語らない」

そういうと、まるで本物のぬいぐるみのように、くったりと力を抜く。そのあと、オセローやキャシオーがいくら責めても、本当に何も言わなくなった。都合よく物言わぬぬいぐるみへ戻ったつもりでいたのだろうが、ロダリーゴーの証言から、彼の罪は明白になる。

だが、オセローの錯乱は止まらない。イアーゴーの罪状が暴かれていくにつれて、自分のしたこともわかってくるからだ。

「イアーゴー……お前のことをかわいい奴だと思っていたのに……！」

それはみんなが思っていたことだ。

「それが偽りだったとは！　私は、信じるべきものを信じることができなかった！」

かわいいぬいぐるみに振り回された自分を責め、罵《ののし》り、嘆く。ついには抑えていた役人たちを振り切り、デズデモーナの死体にすがりついた。

「デスデモーナ、もうお前のいない世界にいる意味などない！　お前と同じところに逝けなくても、ここよりはましだ！」

そして、自らを剣で刺して、自害を図る——。

拍手の音に、未来ははっとなる。

終わった？　終わったの？

「未来、未来、ほら、つぐみちゃん！」

隣の母が興奮したように叫ぶ。もう役者たちが舞台に出て、挨拶をしていた。

次々に人が立ち上がり、花束を手に舞台へ近寄っていく。

「行きなさい、つぐみちゃんにお花あげるんでしょ？」

母に言われるが、なかなか立ち上がれない。

一番たくさん花束をもらっているのは、何とあのぬいぐるみだった。小さいから持ちきれなくて、それでたくさんに見える、とも言えるかもしれないが、花を持っていない人もたくさん寄ってきていた。小さなその手に、握手を求めているのだ。本当にその場にいるのか、確かめるように——。

その様子を見つめていた未来と、ぬいぐるみの目が合った。小さな点目が、「こっちにおいで」と言っているみたいに思えた。

未来は立ち上がり、舞台に近寄る。つぐみに目を向けると、泣いていた。

「未来！　未来！」

と叫んでいる。未来は走りより、つぐみにブーケを渡した。

「つぐみ、すごくよかった！　感動したよ！」

気がついたら、自分も泣いているのに気づいた。

「ありがとう、未来！」

何度も手を握って、その温かさを感じた。もっと言いたいことがたくさんあったが、人がいっぱいでそれ以上は無理だった。

つぐみから離れて席に帰ろうとした時、未来はぬいぐるみに振り返った。彼は、手を振っていた。未来はもう一度舞台に駆けより、ぬいぐるみの手を握った。

手の中で、ぱふっとつぶれたぬいぐるみの手は、自分と同じくらい温かい、と思う。

「さっき逃げてごめんなさい」

自然にそんな言葉が出てきた。

「いいんですよ」

優しくそう言われて、未来は今までのすべてのことが許されたような気がした。つぐみとも、きっとこれまで以上に仲良くなれる。そんな予感すら感じた。

さっきまでの極悪人にそんなこと言われて、喜んでいるなんて――どうしてだろう。どこまでが現実で、どこからが夢？

これが夢なら、覚めないでほしい、と未来は思っていた。

香奈恵は、ぽやんとした頭をはっきりさせるため、コーヒーを飲みたい、と思っていた。これから、家に車を運転して帰るのだし、このままでは不安だった。けれど、ラウンジは人でいっぱいで、とても入れない。売店で缶コーヒーを買おうかと思ってホテル内を歩き出したが、人波でうまく進むことすらできなかった。多分、楽屋が近いのだ。みんな興奮した顔をしていた。

じゃあ、自動販売機で買おうか、と思ったが、ここはそういう無粋なものは表にないと、外へ出てから気づいた。仕方ない。途中でコンビニに寄るか、と思ったが、とりあえずちょっと余韻に浸りたかった。整えられた植え込みのところへ腰掛ける。春にしては暖かい夜だ。空気がおいしい。そうだ。星がよく見えるかも。

去年見上げた空とは、違うような気がした。春だから？　桜の花びらがふわふわと漂っているから？　多分、それだけのことだろうけれども――。

少し離れた植え込みのところに、同じように座っている老婦人がいるのに、香奈恵は気づいた。携帯電話の画面をじっと見入っている。メールでも読んでいるのかな。

何となく見つめていたら、彼女は顔を上げた。そして、手招きをする。

「え、何でしょう？」

香奈恵が近寄ると、彼女は温かい缶コーヒーを差し出した。

「さっきもらったんだけど……あたし、コーヒー苦手なんです。あなた、若いからお飲みになる？」

「あ、でも……」

「もったいないから。どうぞ」

「……はい。いただきます」

本当はすごくうれしかった。苦さと甘さが、頭をしゃっきりさせてくれる。喉が渇いていたのもよくわかった。ほどよい温かさにほっとする。

「あなた、今日のお芝居見ましたか？」

ケータイから目を上げて、老婦人は再び香奈恵に言う。

「『オセロー』ですか？　見ましたよ」

「どうでした？」

「面白かったです！　イアーゴーが特にすごかったですね」

すごい以外に何か形容詞はないか、と思ったが、うまい言葉が浮かばなかった。

「そうよねえ。面白かったわよねえ」

にっこり笑って、老婦人はうなずく。どうも彼女も見たらしい。

「あと、デズデモーナもかわいかったです。とってもきれいでした」

「そうよね、かわいかったわよね！」

老婦人は、ケータイの待受画面をこっちに向けた。涙でくしゃくしゃのデズデモーナと高校生くらいの女の子の笑顔と、あのぬいぐるみが写っていた。

「デズデモーナ演ったの、あたしの孫なの。うれしくてねえ」

「あの、ぬいぐるみ――イアーゴーは……？」

「ぶたぶたさん？」

ぶたぶたって言うんだ……。

「本当にぬいぐるみなんですか？」

「そうよ。不思議だけどね」

不思議なんてものじゃない。そう、そんなんじゃ片づけられない。ようやく香奈恵は、いろいろ考えられるようになってきた。どういうことなんだろう、あのぬいぐるみは。

「会いたい？　ぶたぶたさんに？」

「え？」

「会いたいのなら、会わせてあげるわ」

「どうしてですか？」

「あなたが、会いたそうな顔をしているから」

会いたい……？　あのぬいぐるみに？　あたしが？

そうなのかな……？

何の気なしに、もう一度夜空を見上げた。その時、はっきりわかった。やっぱり、去年とは違う。そして、さっきとも違うようにも思えた。同じように、桜の花びらは舞っていたけれども。

香奈恵は迷ったあげく、首を振った。

「またここに来れば、会えるような気がするから……今はいいんです」

今まで一度も会ったことがなかったのに、なぜそう思ったのかは謎なのだが。

老婦人は微笑んだ。

「そうね。ぶたぶたさんは、いつでもここにいるわ」

そう言って、グランドホテルを見上げた。白亜の西洋館。スポットライトを浴び、桜色のドレスをまとった貴婦人のようなホテル。

いつかまたこのホテルへ来て、ぶたぶたに会おう。

そう思うと、あの芝居が始まる時と同じくらいわくわくとした予感が、香奈恵を包んでくれるような気がした。

あとがき

お読みいただき、ありがとうございます。

一年ぶりのぶたぶたですが、今回は少し、番外編的な作品です。なぜなら、この連作短編集の第二話『柔らかな奇跡』というのが、元々光文社文庫から出ている『異形コレクション・夏のグランドホテル』というホラーアンソロジーに載せたもので、その時に舞台になったホテルをそのままお借りして作った物語だからです。

『柔らかな奇跡』をお読みになった方はご存知だと思いますが、ホテルが舞台ですから、自ずと職業もわかるというもので——まあ、それは、あとがきからお読みになる方もいらっしゃるでしょうから、ここでは言及いたしません。

物語の形式にしても、劇中劇が入っていたりして、従来のぶたぶたシリーズとはちょっと違っています。そういう部分も含めて「番外編」という言葉を使ってみました。劇中劇も、『オセロー』ですし。シェイクスピアですよ。初めて読んだのが中学生の頃だったので、ウン十年ぶりに読み返しました。

私が中学生の時に読んだのは、今回参考にさせていただいた新潮文庫版(福田《ふくだ》恆存《つねあり》さん訳。ありがとうございました)とは違うものですが、いやあ、こんなにセリフ大仰だったかな、というのが正直な感想でした。でも、正直ついでにもう一つ言えば、中学生の私は『オセロー』のストーリーをちゃんと理解していなかった。というか、中学生にシェイクスピアなんか、わからないよー。

今現在、中学生にどんな本をすすめているのかわかりませんが、私が中学生の頃は、シェイクスピアはもちろん、スタンダールとかトーマス・マンとかドストエフスキー、日本文学なら夏目《なつめ》漱石《そうせき》、森鷗外《もりおうがい》、川端康成《かわばたやすなり》などの古典をすすめられたものです。で、私は読みました。図書館に行けば、いくらでも借りられたから。

読むことはできました。難しかったけれども、決して投げ出したりはしなかった。でも、「読み切った」という気分だけで終わっていたのかも、と今としては思います。先入観みたいなものもあったでしょう。その当時の自分の読書の仕方というのは、あらすじからまず「こんなような話かな?」と予想を立て、それがどう裏切られるか、というのを楽しみに読んでいたように思います。でも、難しい話だと、どう裏切られたのかわからないまま読み終わり、面白いとかつまらないとかも曖昧にしていたような……。残るのは、わからなくても読んだ、あたしって偉い、という満足感だけ、という仕組みですね。

でも今考えると、当時はどうしてそんな難しい本を子供に読ませようとしたんでしょうか。子供が本を読まないと言われて久しいですが、今の子供の親は私たちと同世代も多く含まれているはず。その人たちが学校ですすめられてシェイクスピアや川端康成を読んだとしても、何となく未消化なまま、「あんまり面白くないな」と思ったかもしれない。元々本の虫ならば、「次はもっと別のものを」と貪欲に求めるでしょうが、本が好きでも嫌いでもなく、読書の楽しさにまだ目覚めていない子供たちだったらきっと、そこで投げだし、読書が習慣にならないまま今に至って、そしてその子供も当然本を読むことがない――。

まあ、親が本を読まねば子供も読まない、という論法も実際のところ眉唾ですが。だって、私の親は読まなかったからね。それでも私は読んでいたわけだから――といっても安心の材料になんかなりませんけど。

あ、話がだいぶずれてしまいましたが、とにかく中学生の頃に読んだシェイクスピアは難しかったという話。でも、今回改め読んでみて、セリフの独特な言い回しにはびっくりしましたが、ストーリーや構成などはシンプルで、普遍的なテーマを扱っていると感じました。特に『オセロー』は、現代でも充分ありうる話です。さすが大衆演劇作品。

シェイクスピアの四大悲劇を読み返したくなりました。特に『マクベス』。なぜかというと、読んでいないような気がするからです……。この歳になると、本を読んでなくても映画や人づてでストーリーを知っていたりするので、読んだかどうだか忘れてしまうのですね。情けない話ですが。

けど、子供の頃や若い頃に読んだ本を読み返すという行為は、いろいろと驚きや収穫があるのではないか、と思います。読んでいた頃を思い出してなつかしさに浸ったり、昔とは違った感動に出会ったり、気づかなかったことに気づけたり——もちろん、思い出の中で美化されていて、読み返したら失望、というものもあるでしょうが、それはそれで読書体験としては面白いものです。

歳を取り経験を積んでからの読書は、多分とても楽しく豊かなものになるのではないでしょうか。本を読み慣れていない人でも、面白い本を選んで読んでいけば、すぐに慣れます。労力も、お金もあまりかかりません。わずかな時間さえあれば、できることです。もうね、読書って若い子のすることじゃなくて、老後の楽しみみたいになるんじゃないか、と私今思ってますよ。そうすれば、今の若い子たちだっていつかはたしなみとして読書するようになるかもしれない——ってそう考えるのも悲しいけど。若いうちに読むから面白いという本もあるからなあ。本を読む人と読まない人の違いって何なんでしょうかね。

おっと、また話がズレてしまいました……。

最後に、多分読んだ方から訊かれるであろうことに答えておきます。

「どうしてぶたぶたなのに、『オセロー』なの？」

それは、朱雀《すざく》先生と同じなんです。すみません……。

「夏のグランドホテル」の設定を快く貸してくださった井上雅彦《いのうえまさひこ》さん、ありがとうございました。こういうホテルでしたっけ？　せっかくの伝統を壊してしまったのではないかと不安です。

ええとあとは……あ、これを書いている前後は本当にめちゃくちゃな状態だったのですが、それを支えてくれた家族と友人全員に。無事に完成しました。

それから、いつも応援してくださるファンのみなさま。この本が出るのは二〇〇六年七月ですが、次の月八月にもぶたぶた、出ますよ。この光文社文庫からではなく、徳間デュアル文庫からですが、タイトルは『夏の日のぶたぶた』。様々な大人の事情にもめげず、見つけてくださるとうれしいです。

最近、自分のサイトは放置しがちなのですが……ブログに活動拠点が移ってまいりました。新刊既刊の情報や近況などは、「矢崎存美のぶたぶた日記」(http://yazakiarimi.cocolog-nifty.com/) をごらんください。掲示板にも行けるようになっておりますので、感想などぜひ書き込んでくださいね。

それでは、また。

二〇〇六年初夏　矢崎存美

〔初出〕

人形の夜～春の物語　書下ろし

柔らかな奇跡～夏の物語　異形コレクションＸＸⅥ『夏のグランドホテル』（光文社文庫刊）

不機嫌なデズデモーナ～秋の物語　書下ろし

ありすの迷宮ホテル～冬の物語　書下ろし

小さき者と大きな空～再び、春の物語　書下ろし

光文社文庫

文庫書下ろし&オリジナル／連作ファンタジー
ぶたぶたのいる場所《ばしよ》
著　者　矢《や》崎《ざき》存《あり》美《み》

2006年7月20日　初版1刷発行

発行者　篠　原　睦　子
印　刷　萩　原　印　刷
製　本　関　川　製　本

発行所　株式会社　光　文　社
〒112-8011　東京都文京区音羽1-16-6
電話　(03)5395-8149　編集部
8114　販売部
8125　業務部

ISBN4-334-74095-2　Printed in Japan

お願い　光文社文庫をお読みになって、いかがでございましたか。「読後の感想」を編集部あてに、ぜひお送りください。

このほか光文社文庫では、どんな本をお読みになりましたか。これから、どういう本をご希望ですか。どの本も、誤植がないようつとめていますが、もしお気づきの点がございましたら、お教えください。ご職業、ご年齢などもお書きそえいただければ幸いです。当社の規定により本来の目的以外に使用せず、大切に扱わせていただきます。

光文社文庫編集部

日本ペンクラブ編 名作アンソロジー

阿刀田高 選 奇妙な恋の物語

阿刀田高 選 恐怖特急

井上ひさし 選 水

司馬遼太郎ほか 選 歴史の零《こぼ》れもの

司馬遼太郎ほか 選 新選組読本

西村京太郎ほか 選 殺意を運ぶ列車

林 望 選 買いも買ったり

唯川 恵 選 こんなにも恋はせつない 〈恋愛小説アンソロジー〉

江國香織 選 ただならぬ午睡 〈恋愛小説アンソロジー〉

小池真理子・藤田宜永 選 甘やかな祝祭 〈恋愛小説アンソロジー〉

川上弘美 選 感じて。息づかいを。 〈恋愛小説アンソロジー〉

西村京太郎 選 鉄路に咲く物語 〈鉄道小説アンソロジー〉

宮部みゆき 選 撫子《なでしこ》が斬る 〈女性作家捕物帳アンソロジー〉

光文社文庫